Franz Grillparzer

Das Kloster bei Sendomir

Erzählung

Mit einem Nachwort von
Karl Pörnbacher

Philipp Reclam jun. Stuttgart

Der Text folgt: Franz Grillparzer: Sämtliche Werke. Dritter Band. Herausgegeben von Peter Frank und Karl Pörnbacher. München: Hanser, 1964.

RECLAMS UNIVERSAL-BIBLIOTHEK Nr. 8761

Gesamtherstellung: Reclam, Ditzingen. Printed in Germany 2005

ISBN 3-15-008761-9

www.reclam.de

DAS KLOSTER BEI SENDOMIR

Nach einer als wahr überlieferten Begebenheit

Die Strahlen der untergehenden Sonne vergoldeten die Abhänge eines der reizendsten Täler der Woiwodschaft[1] Sendomir[2]. Wie zum Scheidekuß ruhten sie auf den Mauern des an der Ostseite fensterreich und wohnlich prangenden Klosters, als eben zwei Reiter, von wenigen Dienern begleitet, den Saum der gegenüberliegenden Hügelkette erreichten, und, von der Vesperglocke gemahnt, nach kurzem, betrachtendem Verweilen, ihre Pferde in schärfern Trott setzten, taleinwärts, dem Kloster zu.

Die Kleidung der späten Gäste bezeichnete die Fremden. Breitgedrückte, befiederte Hüte, das Elenkoller[3] vom dunklen Brustharnisch gedrückt, die straffanliegenden Unterkleider und hohen Stulpstiefeln erlaubten nicht, sie für eingeborne Polen zu halten. Und so war es auch. Als Boten des deutschen Kaisers zogen sie, selbst Deutsche, an den Hof des kriegerischen Johann Sobiesky, und, vom Abend

1. Provinz. – 2. Sandomir, heute Sandomierz, Stadt zwischen Krakau und Warschau, an der Weichsel gelegen. – 3. Wams, urspr. aus Elchhaut.

überrascht, suchten sie Nachtlager in dem vor ihnen liegenden Kloster.

Das bereits abendlich verschlossene Tor ward den Einlaßheischenden geöffnet, und der Pförtner hieß sie eintreten in die geräumige Gaststube, wo Erfrischung und Nachtruhe ihrer warte; obgleich, wie er entschuldigend hinzusetzte, der Abt und die Konventualen[4], bereits zur Vesper[5] im Chor versammelt, sich für heute die Bewillkommnung so werter Gäste versagen müßten. Die Angabe des etwas mißtrauisch blickenden Mannes ward durch den eintönigen Zusammenklang halb sprechend, halb singend erhobener Stimmen bekräftigt, die, aus dämpfender Ferne durch die hallenden Gewölbe sich hinwindend, den Chorgesang einer geistlichen Gemeine[6] deutlich genug bezeichneten.

Die beiden Fremden traten in das angewiesene Gemach, welches, obgleich, wie das ganze Kloster, offenbar erst seit kurzem erbaut, doch altertümliche Spitzformen mit absichtlicher Genauigkeit nachahmte. Weniges, doch anständiges Geräte war rings an den Wänden verteilt. Die hohen Bogenfenster gingen ins Freie, wo der in Osten aufsteigende Mond, mit der letzten Abendhelle kämpfend, nur sparsame Schimmer auf die Erhöhungen des hüglichten Bodens warf, indes in den Falten der Täler und unter den Bäumen des Forstes sich allgemach die

4. Stimmberechtigte Mönche. – 5. Das Abendgebet zur Dämmerung. – 6. Gemeinde.

Nacht mit ihrem dunkeln Gefolge lagerte, und stille Ruhe, hold vermischend, ihren Schleier über Belebtes und Unbelebtes ausbreitete.

Die eigenen Diener der Ritter trugen Wein auf und Abendkost. Ein derbgefügter Tisch, in die Brüstung des geöffneten Bogenfensters gerückt, empfing die ermüdeten Gäste, die, auf hohe Armstühle gelagert, sich bald an dem zauberischen Spiele des Mondlichtes ergötzten, bald, zu Wein und Speise zurückkehrend, den Körper für die Reise des nächsten Tages stärkten.

Eine Stunde mochte auf diese Art vergangen sein. Die Nacht war vollends eingebrochen, Glockenklang und Chorgesang längst verstummt. Die zur Ruhe gesendeten Diener hatten eine düsterbrennende Ampel, in der Mitte des Gemaches hängend, angezündet, und noch immer saßen die beiden Ritter am Fenster, im eifrigen Gespräch; vielleicht vom Zweck ihrer Reise, offenbar von Wichtigem. Da pochte es mit kräftigem Finger an dic Türe des Gemaches, und ehe man noch, ungern die Rede unterbrechend, mit einem: Herein! geantwortet, öffnete sich diese, und eine seltsame Menschengestalt trat ein, mit der Frage: ob sie Feuer bedürften?

Der Eingetretene war in ein abgetragenes, an mehreren Stellen geflicktes Mönchskleid gehüllt, das sonderbar genug gegen den derben, gedrungenen Körperbau abstach. Obgleich von Alter schon etwas gebeugt und mehr unter als über der Mittelgröße, war doch ein eigener Ausdruck von Entschlossenheit und Kraft über sein ganzes Wesen verbreitet, so daß, die Kleidung abgerechnet, der Beschauer den Mann eher für alles, als für einen friedlichen Sohn der Kirche erkannt hätte. Haar und Bart, vormals augenscheinlich rabenschwarz, nun aber überwiegend mit Grau gemischt und, trotz ihrer Länge, stark gekräuselt, drängten sich in dichter Fülle um Stirne, Mund und Kinn. Das Auge, klösterlich gesenkt, hob sich nur selten; wenn es aber aufging, traf es wie ein Wetterschlag, so grauenhaft funkelten die schwarzen Sterne aus den aschfahlen Wangen, und man fühlte sich erleichtert, wenn die breiten Lider sie wieder bedeckten. So beschaffen und so angetan, trat der Mönch, ein Bündel Holz unter dem Arme, vor die Fremden hin, mit der Frage: ob sie Feuer bedürften?

Die beiden sahen sich an, erstaunt ob der seltsamen Erscheinung. Indessen kniete der Mönch am Kamine nieder und begann Feuer anzumachen, ließ sich auch durch die Bemerkung nicht stören, daß man gar nicht friere, und seine Mühe überflüssig sei. Die Nächte würden schon rauh, meinte er und fuhr in seiner Arbeit fort. Nachdem er sein Werk vollendet, und das Feuer lustig brannte, blieb er ein paar Augenblicke am Kamin stehen, die Hände wärmend, dann, ohne sich scheinbar um die Fremden zu bekümmern, schritt er schweigend der Türe zu.

Schon stand er an dieser und hatte die Klinke in

der Hand, da sprach einer der Fremden: „Nun Ihr einmal hier seid, ehrwürdiger Vater" –

„Bruder!" fiel der Mönch, wie unwillig, ein, und ohne sich umzusehen, blieb er, die Stirn gegen die Türe geneigt, am Eingange stehen.

„Nun denn also, ehrwürdiger Bruder!" fuhr der Fremde fort, „da Ihr schon einmal hier seid, so gebt uns Aufschluß über einiges, das wir zu wissen den Wunsch hegen."

„Fragt!" sprach, sich umwendend, der Mönch.

„So wißt denn", sagte der Fremde, „daß uns die herrliche Lage und Bauart Eures Klosters mit Bewunderung erfüllt hat, vor allem aber, daß es so neu ist und vor kurzem erst aufgeführt zu sein scheint."

Die dunkeln Augen des Mönches hoben sich bei dieser Rede und hafteten mit einer Art grimmigen Ausdruckes auf dem Sprechenden.

„Die Zeiten sind vorüber", fuhr dieser fort, „wo die Errichtung solcher Werke der Frömmigkeit nichts Seltenes war. Wie lange steht das Kloster?"

„Wißt Ihr es vielleicht schon?" fragte, zu Boden blickend, der Mönch, „oder wißt Ihr es nicht?"

„Wenn das erstere, würde ich fragen?" entgegnete der Fremde.

„Es trifft sich zuweilen", murmelte jener. „Drei Jahre steht dies Kloster. Dreißig Jahre!" fügte er verbessernd hinzu und sah nicht auf vom Boden.

„Wie aber hieß der Stifter?" fragte der Fremde

weiter. „Welch gottgeliebter Mann?“ – Da brach der Mönch in ein schmetterndes Hohngelächter aus. Die Stuhllehne, auf die er sich gestützt hatte, brach krachend unter seinem Druck zusammen; eine Hölle schien in dem Blicke zu flammen, den er auf die Fremden richtete, und plötzlich gewendet, ging er schallenden Trittes zur Türe hinaus.

Noch hatten sich die beiden von ihrem Erstaunen nicht erholt, da ging die Türe von neuem auf, und derselbe Mönch trat ein. Als ob nichts vorgefallen wäre, schritt er auf den Kamin zu, lockerte mit dem Störeisen das Feuer auf, legte Holz zu, blies in die Flamme. Darauf sich umwendend, sagte er: „Ich bin der mindeste von den Dienern dieses Hauses. Die niedrigsten Dienste sind mir zugewiesen. Gegen Fremde muß ich gefällig sein, und antworten, wenn sie fragen. Ihr habt ja auch gefragt? Was war es nur?“

„Wir wollten über die Gründung dieses Klosters Auskunft einholen“, sprach der ältere der beiden Deutschen, „aber Eure sonderbare Weigerung“ –

„Ja, ja!“ sagte der Mönch, „Ihr seid Fremde, und kennet Ort und Leute noch nicht. Ich möchte gar zu gerne Eure törichte Neugierde unbefriedigt lassen, aber dann klagt Ihrs dem Abte, und der schilt mich wieder, wie damals, als ich dem Palatin von Plozk[7] an die Kehle griff, weil er meiner Väter Namen

7. Gouverneur von Plozk, zwischen Warschau und Thorn an der Weichsel.

schimpfte. Kommt Ihr von Warschau?" fuhr er nach einer kleinen Weile fort.

„Wir gehen dahin", antwortete einer der Fremden.

„Das ist eine arge Stadt", sagte der Mönch, indem er sich setzte. „Aller Unfrieden geht von dort aus. Wenn der Stifter dieses Klosters nicht nach Warschau kam, so stiftete er überhaupt kein Kloster, es gäbe keine Mönche hier, und ich wäre auch keiner. Da Ihr nicht von dorther kommt, mögt Ihr rechtliche Leute sein, und, alles betrachtet, will ich Euch die Geschichte erzählen. Aber unterbrecht mich nicht und fragt nicht weiter, wenn ich aufhöre. Am Ende sprech ich selbst gerne wieder einmal davon. – Wenn nur nicht so viel Nebel dazwischen läge, man sieht kaum das alte Stammschloß durchschimmern – und der Mond scheint auch so trübe." – Die letzten Worte verloren sich in ein unverständliches Gemurmel, und machten endlich einer tiefen Stille Platz, während welcher der Mönch, die Hände in die weiten Ärmel gesteckt, das Haupt auf die Brust gesunken, unbeweglich da saß. Schon glaubten die beiden, seine Zusage habe ihn gereut, und wollten kopfschüttelnd sich entfernen; da richtete er sich plötzlich mit einem verstärkten Atemzuge empor; die vorgesunkene Kapuze fiel zurück; das Auge, nicht mehr wild, strahlte in fast wehmütigem Lichte; er stützte das dem Mond entgegengewendete Haupt in die Hand und begann:

„Starschensky hieß der Mann, ein Graf seines Stammes, dem gehörte die weite Umgegend und der Platz, wo dies Kloster steht. Damals war aber noch kein Kloster. Hier ging der Pflug; er selber hauste dort oben, wo jetzt geborstene Mauern das Mondlicht zurückwerfen. Der Graf war nicht schlimm, wenn auch gerade nicht gut. Im Kriege hieß man ihn tapfer; sonst lebte er still und abgeschieden im Schlosse seiner Väter. Über eines wunderten sich die Leute am meisten: nie hatte man ihn einem weiblichen Wesen mit Neigung zugetan gesehen, sichtlich vermied er den Umgang mit Frauen. Er galt daher für einen Weiberfeind; doch war er keiner. Ein von Natur schüchterner Sinn, und – laßt sehn ob ichs treffe!“ sagte der Mönch, indem er sich aufrichtete – „ein über alles gehendes Behagen am Besitz seiner selbst, hatte ihm bis dahin keine Annäherung erlaubt. Abwesenheit von Unlust war ihm Lust. – Habt Ihr noch Wein übrig? Gebt mir einen Becher! Der Graf war so schlimm nicht.“

Der Mönch trank, dann fuhr er fort: „So lebte Starschensky, so gedachte er zu sterben; doch war es ihm anders bestimmt. Ein Reichstag rief ihn nach Warschau. Unwillig über die Verkehrtheit der Menge, deren jeder nur sich wollte, wo es das Wohl des Ganzen galt, ging er eines Abends durch die Straßen der Stadt; schwarze Regenwolken hingen am Himmel, jeden Augenblick bereit, sich zu entladen, dichtes Dunkel ringsum. Da hörte er plötzlich hinter sich eine weibliche Stimme, die zitternd und schluchzend ihn anspricht: Wenn Ihr ein Mensch seid, so erbarmt Euch eines Unglücklichen! Rasch umgewendet, erblickt der Graf ein Mädchen, das bittend ihm die Hände entgegenstreckt. Die Kleidung schien ärmlich, Hals und Arme schimmerten weiß durch die Nacht. Der Graf folgt der Bittenden. Zehn Schritte gegangen, tritt sie in eine Hütte, Starschensky folgt, und bald steht er mit ihr allein auf dem dunkeln Flur. Eine warme, weiche Hand ergreift die seinige. – Seid Ihr Ordensritter?" unterbrach sich der Mönch, zu dem Jüngeren der Fremden gewendet. „Was bedeutet das Kreuz auf Eurem Mantel?" – „Ich bin Malteser[8]", entgegnete dieser. – „Ihr auch?" wendet der Mönch sich zum zweiten. – „Keineswegs", war die Antwort. – „Habt ihr Weib und Kinder?" – „Beides hatt' ich nie." – „Wie alt seid Ihr?" – „Fünfundvierzig." – „So! so!" murmelte kopfnickend der Mönch. Dann fuhr er fort:

„Ein bis dahin unbekanntes Gefühl ergriff den Grafen bei der Berührung der warmen Hand. Sie erzählen ein morgenländisches Märchen von einem, dem plötzlich die Gabe verliehen ward, die Sprache der Vögel und andern Naturwesen zu verstehen, und der nun, im Schatten liegend am Bachesrand,

8. Angehöriger des Malteser-Ritterordens. Der Orden zeichnete sich in den Türkenkriegen besonders aus. Das Ordenswappen: weißes Kreuz auf schwarzem oder rotem Grund.

mit freudigem Erstaunen rings um sich überall Wort und Sinn vernahm, wo er vorher nur Geräusch gehört und Laute. So erging es dem Grafen. Eine neue Welt stand vor ihm auf, und bebend folgte er seiner Führerin, die eine kleine Türe öffnete, und mit ihm in ein niederes, schwacherleuchtetes Zimmer trat.

Der erste Strahl des Lichtes fiel auf das Mädchen. Starschenskys innerstes Wesen jubelte auf, daß die Wirklichkeit gehalten, was die Ahnung versprach. Das Mädchen war schön, schön in jedem Betracht. Schwarze Locken ringelten sich um Stirn und Nakken, und erhoben, mit der gleichgefärbten Wimper, bis zum Sonderbaren den Reiz des hellblau strahlenden Auges. Der Mund mit üppig aufgeworfenen, beinahe zu hochroten Lippen, ward keineswegs durch eine kleine Narbe entstellt, die, als schmale, weißlich gefärbte Linie schräg abwärts laufend, sich in den Karmin der Oberlippe verlor. Grübchen in Kinn und Wangen; Stirn und Nase, wie vielleicht gerade der Maler sie nicht denkt, wie sie aber meinen Landsmänninnen wohl stehen, vollendeten den Ausdruck des reizenden Köpfchens und standen in schönem Einklange mit den Formen eines zugleich schlank und voll gebauten Körpers, dessen üppige Schönheit die ärmliche Hülle mehr erhob als verbarg. – Nicht wahr, davon wißt Ihr nichts, Malteser? Ja, ja, bei dem alten Mönch rappelts einmal wieder! Laßt uns noch eins trinken! – So, und nun gut.

Der Graf stand verloren im Anschaun des Mädchens und bemerkte kaum, daß in einem Winkel der Hütte, auf moderndes Stroh gebettet, einen zerrissenen Sattel statt des Kissens unter dem Kopfe, mit Lumpen bedeckt, die Jammergestalt eines alten Mannes lag, der jetzt die Hand aus seinen ärmlichen Hüllen hervorstreckte, und mit erloschener Stimme fragte: Bist dus, Elga? Wen bringst du mir da? – Hier der Unglückliche, sprach das Mädchen zu Starschensky gewendet, für den ich, durch äußerste Not getrieben, Euer Mitleid ansprach. Er ist mein Vater, ein Edelmann von altem Stamm und Adel, durch Verfolgung bis hierher gebracht. – Damit ging sie hin, und am Lager des Greises niedergekauert, suchte sie, durch Zurechtrücken und Ausbreiten, in die Lumpen, die ihn bedeckten, einen Schein von Anständigkeit und Ordnung zu bringen.

Der Graf trat näher. Er erfuhr die Geschichte. Der vor ihm lag, war der Starost von Laschek[9]. Er und seine zwei Söhne hatten sich in politische Verbindungen eingelassen, die das Vaterland mißbilligte. Ihre Anschläge wurden entdeckt. Die beiden Söhne samt einigen Unvorsichtigen, die mit ihnen gemeinsame Sache gemacht, traf Verbannung; der Vater, seiner Güter beraubt, war im Elend.

Im ersten Augenblicke, als Starschensky den Na-

9. Adelige in Polen, die vom König Lehen hatten. Laschek ist vielleicht die Stadt Lask bei Lodz in Westpolen.

men Laschek hörte, wußte er auch schon, daß die Lage des Unglücklichen nicht ganz unverschuldet war. Denn, wenn er auch einer unmittelbaren Teilnahme an den Anschlägen seiner Söhne nicht geradezu überwiesen werden konnte, so hatte er doch durch Leichtsinn in der Jugend und üble Wirtschaft im vorgerückten Alter seinen Söhnen die rechtlichen Wege des Emporkommens schwierig, und Wagnisse willkommen gemacht. All dies war dem Grafen nicht verborgen. Aber es galt einen Unglücklichen zu retten, und Elgas Vater hatte den beredtesten Fürsprecher bei dem Entbrannten für seine Tochter.

Laschek ward in eine anständige Wohnung gebracht, er und seine Tochter mit dem Notwendigen versehen. Starschensky verwendete seinen Einfluß, seine Verbindungen, er ließ sich bis zu Geld und Geschenken herab, um die Wiederherstellung des Entsetzten[10], die Rückberufung der Verbannten zu erwirken. Glücklicherweise waren die äußeren Verhältnisse längst vorüber, welche die Anschläge jener Unvorsichtigen gefährlich gemacht hatten. Verzeihung ward bewilligt; die Verwiesenen rüsteten sich zur Heimkehr. Mehrere der Unglücksgenossen hatten, ihrem Leichtsinne treu, Dienste in fremden Landen genommen; nur Laschеks beide Söhne und ein entfernter Verwandter des Hauses, Ogin-

10. Des seiner Güter Beraubten.

sky genannt, machten Gebrauch von der schwer erlangten Erlaubnis. Täglich erwartete man ihre Ankunft.

Die Wiedergabe von Lascheks eingezogenen Gütern zeigte sich indes als wenig Nutzen bringend. Täglich erschienen neue Gläubiger. Hauptstock[11] und rückständige Zinsen verschlangen weit den Wert des vorhandenen Unbeweglichen. Starschensky trat ins Mittel, bezahlte, verschuldete seine eigenen Güter und konnte dennoch kaum einen geringen Rest der Stamm-Besitzungen, als ein Pfropfreis für die Zukunft, retten.

Glücklicher schien er mittlerweile in seinen Bewerbungen um Elgas Herz. Als das Mädchen sich zum erstenmale wieder in anständigen Kleidern erblickte, flog sie ihm beim Eintritte aufschreiend entgegen, und ein lange nachgefühlter Kuß von ihren brennenden Lippen lohnte seine Vorsorge, sein Bemühn. Dieser erste Kuß blieb freilich vorderhand auch der letzte, nichtsdestoweniger durfte sich aber doch Starschensky mit der Hoffnung schmeicheln, ihrem Herzen nicht gleichgültig zu sein. Sie war gern in seiner Gesellschaft, sie bemerkte und empfand seine Abwesenheit. Oft überraschte er ihr Auge, das gedankenvoll und betrachtend auf ihn geheftet war; ja einigemale konnte er nur durch schnelles Zurückziehen verhindern, daß nicht ein

11. Veraltet für Kapital.

Kuß, den er gar zu gerne seinen Lippen gegönnt hätte, auf seine Hand gedrückt wurde. Er war voll der schönsten Hoffnungen. Doch mit einemmale änderte sich die Szene. Elga ward düster und nachdenkend. Wenn sonst ihre Neigung für Zerstreuungen, für Kleiderzier und Lebensgenuß sich aufs bestimmteste aussprach, und manchmal hart an die Grenzen des Zuviel zu streifen schien, so mied sie jetzt die Gesellschaft. Streitende Gedanken jagten ihre Wolken über die schöngeglättete Stirne; das getrübte Auge sprach von Tränen, und nicht selten drängte sich ein einzelner der störenden Gäste unter der schnellgesenkten Wimper hervor. Starschensky bemerkte, wie der Vater sie dann ernst, beinahe drohend anblickte, und eine erkünstelte Heiterkeit das Bestreben des Mädchens bezeichnete, einen heimlichen Kummer zu unterdrücken. Einmal, rasch durchs Vorgemach auf die Türe des Empfangszimmers zuschreitend, hörte Starschensky die Stimme des Starosten, der aufs heftigste erzürnt schien und sich sogar ziemlich gemeiner Ausdrücke bediente. Der Graf öffnete die Türe und sah ringsum, erblickte aber kein drittes; nur die Tochter, die *nicht* weinend und höchst erhitzt, vom Vater abgekehrt, im Fenster stand. Ihr mußten jene Scheltworte gegolten haben. Da ward es fester Entschluß in der Seele des Grafen, durch eine rasche Werbung um Elgas Hand, der marternden Ungewißheit des Verhältnisses ein Ende zu machen.

Während er sich kurze Frist zur Ausführung dieses Vorsatzes nahm und Elgas vorige Heiterkeit nach und nach zurückkehrte, langten die aus der Verbannung heimberufenen Angehörigen an. Elga schien weniger Freude über den Wiederbesitz der so lange entbehrten Brüder zu empfinden, als der Graf vorausgesetzt hatte. Am auffallendsten aber war ihre schroffe Kälte, um es nicht Härte zu nennen, gegen den Gefährten von ihrer Brüder Schuld und Strafe, den armen Vetter Oginsky, den sie kaum eines Blickes würdigte. Gut gebaut und wohl aussehend, wie er war, schien er eine solche Abneigung durch nichts zu verdienen; vielmehr war in seinem beinahe zu unterwürfigen Benehmen das Streben sichtbar, sich um die gute Meinung von jedermann zu bewerben. Keine Härte konnte ihn aufbringen; nur schien ihm freilich jede Gelegenheit erwünscht, sich der beinahe verächtlichen Behandlung Elgas zu entziehen. Zuletzt verschwand er ganz, und niemand wußte, wo er hingekommen war.

Nun endlich trat der Graf mit seiner Bewerbung hervor, der alte Starost weinte Freudentränen, Elga sank schamerrötend und sprachlos in seine Arme, und der Bund war geschlossen. Laute Feste verkündeten der Hauptstadt Starschenskys Glück, und wiederholte, zahlreich besuchte Feste versicherten ihn der allgemeinen Teilnahme. Durch eine Ehrenbedienstung am Hofe festgehalten, lernte er bald sich in Geräusch und Glanz fügen, ja wohl gar daran

Vergnügen finden, wenigstens insoweit Elga es fand, deren Geschmack für rauschende Lustbarkeiten sich immer bestimmter aussprach. Aber war sie nicht jung, war sie nicht schön? Hatte nicht, nach langen Unfällen, jede Lust für sie den doppelten Reiz, als Lust und als neu? Der Graf gewährte und war glücklich. Nur eines fehlte, um ihn ganz selig zu machen: schon war ein volles Jahr seit seiner Vermählung verstrichen, und Elga gab noch keine Hoffnung Mutter zu werden.

Doch plötzlich ward der Rausch des Glücklichen auf eine noch weit empfindlichere Weise gestört. Starschenskys Hausverwalter, ein als redlich erprobter Mann, erschien, trübe Wolken auf der gefurchten Stirn. Man schloß sich ein, man rechnete, man verglich, und es zeigte sich bald nur zu deutlich, daß durch das, was für Elgas Verwandte geschehen war, durch den schrankenlosen Aufwand der letzten Zeit, des Grafen Vermögensstand erschüttert war und schleunige Vorsorge erheischte. Das Schlimmste zu dieser Verwirrung hatten Elgas Brüder getan. Wie denn überhaupt das Unglück nur Besserungsfähige bessert, so war die alles verschlingende Genußliebe des leichtfertigen Paares durch die lange Entbehrung nur noch gieriger geworden. Auf die Kasse des Grafen mit ihrem Unterhalte angewiesen, hatten sie den überschwenglichsten Gebrauch von dieser Zugestehung gemacht, und nachdem der in Seligkeit schwimmende Graf auf die ersten Anfragen seiner besorgten Geschäftsleute[12] ungeduldig die Antwort erteilt hatte: man solle es nicht zu genau nehmen und seinen Schwägern geben was sie bedürften, war bald des Forderns und Nehmens kein Ende.

Der Graf übersah mit einem Blicke das Bedenkliche seiner Lage und, ordnungsliebend wie er war, hatte für ihn ein rasches Umkehren von dem eingeschlagenen Taumelpfade nichts Beängstigendes. Nur der Gedanke an Elga machte ihm bange. Wird das heitere, in unbefangenem Frohsinn so gern hinschwebende Wesen –? Aber es mußte sein, und der Graf tat, was er mußte. Mit klopfendem Herzen trat er in Elgas Gemach. Aber wie angenehm ward er überrascht, als, da er kaum die Verhältnisse auseinandergesetzt und die Notwendigkeit geschildert hatte, die Stadt zu verlassen, um auf eigener Scholle den Leichtsinn der letztverflossenen Zeit wieder gut zu machen, als bei der ersten Andeutung schon Elga an seine Brust stürzte, und sich bereitwillig und erfreut erklärte. Was er wolle, was er gebiete, sie werde nur gehorsam sein! Dabei stürzten Tränen aus ihren Augen, und sie wäre zu seinen Füßen gefallen, wenn er es nicht verhindert, sie nicht emporgehoben hätte zu einer langen, Zeit und Außenwelt aufhebenden Umarmung.

Alle Anstalten zur Abreise wurden gemacht. Starschensky, der, von Jugend auf an Einsamkeit

12. Verwalter.

gewohnt, alle Freuden des Hofes und der Stadt nur in der Freude, die seine Gattin daran zeigte, genossen hatte, segnete beinahe die Unfälle, die ihn zwangen, in den Schoß seiner ländlichen Heimat zurückzukehren. Elga packte und sorgte, und in den ersten Nachmittagsstunden eines warmen Maientages war man mit Kisten und Päcken[13] in dem altertümlichen Stammschlosse angekommen, das, neu eingerichtet, und aufs beste in Stand gesetzt, durch Nachtigallenschlag und Blütenduft wetteifernd ersetzte, was ein verwöhnter Geschmack in Vergleich mit den Palästen der Städte, allenfalls hätte vermissen können.

Bald nach der Ankunft schien sich zum Teile aufzuklären, warum Elgan die Änderung der bisherigen Lebensweise so leicht geworden war. Sie stand in den ersten Monaten einer bis jetzt verheimlichten Schwangerschaft, und Starschensky, mit der Erfüllung aller seiner Wünsche überschüttet, kannte keine Grenzen seines Glücks.

Frühling und Sommer verstrichen unter ländlichen Ergötzlichkeiten, ordnenden Einrichtungen und frohen Erwartungen. Als das Laub gefallen war und rauhe Stürme, die ersten Boten des Winters, an den Fenstern des Schlosses rüttelten, nahte Elgan die ersehnte und gefürchtete Stunde, sie gebar, und ein engelschönes, kleines Mädchen ward in die Arme

13. Paketen.

des Grafen gelegt, der die Tochter mit segnenden Tränen benetzte. Leicht überstanden, wie die Geburt, waren die Folgen, und Elga blühte bald wieder einer Rose gleich.

Soviel günstige Vorfälle wurden leider durch unangenehme Nachrichten aus der Hauptstadt unterbrochen. Der alte Starost, Elgas Vater, war gestorben, und hatte seine Umstände in der größten Zerrüttung hinterlassen. Die beiden Söhne, in ihrer tollen Verschwendung nicht mehr von ihrem bedächtlicher gewordenen Schwager unterstützt, häuften Schulden auf Schulden, und ihre Gläubiger, die in der Hoffnung auf den Nachlaß des alten Vaters zugewartet hatten, sahen sich zum Teile in ihrer Erwartung dadurch getäuscht, daß in dem Testamente des Starosten eine beträchtliche Summe, in Folge einer früher geschehenen förmlichen Schenkung, an jenen armen Vetter Oginsky überging. Dieser Vetter war, wie bekannt, seit längerer Zeit verschwunden. Er mußte aber doch noch leben, und sein Aufenthalt nicht jedermann ein Geheimnis sein, denn die ihm bestimmte Summe ward gefordert, übernommen, und die Sache blieb abgetan.

Zu den Verschwendungen der beiden Laschek gesellten sich überdies noch Gerüchte, als ob sie neuerdings verbotene Anschläge hegten und Parteigänger für landesschädliche Neuerungen würben. Starschensky sah sich aufs überlästigste von seinen Schwägern und ihren Gläubigern bestürmt, er wies aber, nachdem er getan, was in seinen Kräften stand, alle weitere Anforderung standhaft von sich, und hatte das Vergnügen, Elgan in ihren Gesinnungen mit den seinigen ganz übereinstimmen zu sehen. Ja, als die Brüder, gleichsam zum letzten Versuch, sich auf dem Schlosse des Grafen einfanden, sahen sie sich von der Schwester mit Vorwürfen überhäuft, und man schied beinahe in Feindschaft.

So gingen mehr als zwei Jahre vorüber, und der Friede des Hauses blühte, nach überstandenen Stürmen, nur um so schöner empor. Sah sich gleich der Graf in seinen Wünschen nach einem männlichen Stammhalter fortwährend getäuscht, so wendete sich dafür eine um so größere, eine ungeteilte Liebe auf das teure, einzige Kind.

Kaum konnte aber auch etwas Reizenderes gedacht werden, als das kleine, rasch sich entwickelnde Mädchen. In allen schon angekündigten Formen der Mutter Abbild, schien sich die schaffende Natur bei dem holden Köpfchen in einem seltsamen Spiele gefallen zu haben. Wenn Elga bei der Schwärze ihrer Haare und Brauen durch ein hellblaues Auge auf eine eigene Art reizend ansprach, so war bei dem Kinde diese Verkehrung des Gewöhnlichen nachgeahmt, aber wieder verkehrt; denn goldene Locken ringelten sich um das zierliche Häuptchen, und unter den langen blonden Wimpern barg sich, wie ein Räuber vor der Sonne, das große schwarzrollende Auge. Der Graf scherzte oft über diese, wie er es nannte, auf den Kopf gestellte Ähnlichkeit, und Elga drückte dann das Kind inniger an sich und ihre Lippen hafteten auf den gleichgeschwellten, strahlenden von gleichem Rot.

Der Graf widmete alle Stunden, die er nicht den häuslichen Freuden schenkte, einzig der Wiederherstellung seiner, durch die unüberlegte Freigebigkeit an Elgas Verwandte herabgekommenen Vermögensumstände und der Verbesserung seiner Güter. Tagelang durchging er Meierhöfe und Fruchtscheuern, Saatfelder und Holzschläge, immer von seinem Hausverwalter begleitet, einem alten, redlichen Manne, der, vom Vater auf den Sohn vererbt, dessen ganzes Vertrauen besaß. Schon seit längerer Zeit bemerkte Starschensky eine auffallende Düsterheit in den Zügen des Alten. Wenn er unvermutet sich nach ihm umwendete, überraschte er das sonst immer heitere Auge beinahe wehmütig auf sich geheftet. Doch schwieg der Mann.

Einst, als beide die Hitze eines brennenden Vormittages mit den Schnittern geteilt hatten und der Graf, im Schatten eines Erlenbusches gelagert, mit Behagen einen Trunk frischen Wassers aus der Hand seines alten Dieners empfing, da rief dieser losbrechend aus: Wie herrlich Gottes Segen auf den Feldern steht! Wie glücklich sich der Besitzer von dem allen fühlen muß! Das tut er auch, entgegnete, kopfnickend und zu wiederholtem Trinken ansetzend, der Graf. Es begreift sich allenfalls noch, fuhr der

Alte fort, wie es in den Städten Unzufriedene gibt, die an Staat und Ordnung rütteln, und denen die Gewalt nichts zu Danke machen kann, aber auf dem Lande, in Wald und Feld, fühlt mans deutlich, daß doch am Ende Gott allein alles regiert; und der hats noch immer gut gemacht bis auf diesen Augenblick. Aber die Ruhestörer haben keine Rast, bis sie alles verwirrt und zerrüttet, Vater und Bruder in ihr Netz gezogen, Schwester und Schwäger. Gottes Verderben über sie! – Der Graf war aufgestanden. Ich merke wohl, sprach er, daß du auf meiner Frau Brüder zielst. Hast du etwa neuerlich von ihnen gehört? Da fiel der alte Mann plötzlich zu Starschenskys Füßen, und in heiße Tränen ausbrechend, rief er: Herr, laßt Euch nicht verlocken! Denkt an Weib und Kind! An so manches, was Ihr besitzt! An Eurer Väter ruhmwürdigen Namen! – Was kommt dir an? zürnte der Graf. – Herr, rief der Alte, Eure Schwäger sinnen Böses, und Ihr wißt um ihr Vorhaben! – Spricht der Wahnsinn aus dir? schrie Starschensky. – Ich weiß was ich sage, entgegnete der Alte. Ein Vertrauter Eurer Schwäger kommt zu Euch heimlich aufs Schloß. Heimlich wird er eingelassen. Tagelang liegt er in der halbverfallenen Warte am westlichen Ende der Tiergartenmauer verborgen. – Wer sagt das? – Ich, der ich ihn selbst gesehen habe. – Heimlich aufs Schloß kommend? – Heimlich aufs Schloß! – Wann? – Oft! – Ein Vertrauter meiner Schwäger? – In Warschau sah ich ihn an ihrer Seite.

– Weißt du seinen Namen? – Euch ist wohlbekannt, daß ich nur einmal in Warschau war, und da hatte ich Wichtigeres in Eurem Dienste zu schaffen, als mich um die Namen von Eurer Schwäger zahlreichen Zechgesellen zu bekümmern. Aber, daß ich ihn mit ihnen sah, des bin ich gewiß. – Zu welchen Stunden sahst du ihn aufs Schloß kommen? – Nachts! – Starschensky schauderte unwillkürlich zusammen bei dieser letzten Antwort, obgleich eine kurze Besinnung ihm so viele mögliche Erklärungsarten dieser rätselhaften Besuche darbot, daß er bei seiner Nachhausekunft schon wieder beinahe ganz ruhig war. Nur fragte er wie im Vorbeigehen Elgan: ob sie schon lange keine Nachricht von ihren Brüdern erhalten habe? Seit sie zuletzt selbst hier waren, keine, entgegnete sie ganz unbefangen. Der Graf gebot dem alten Hausverwalter, dem er seine patriotischen Besorgnisse leicht ausgeredet hatte, das tiefste Stillschweigen über die ganze Sache, beschloß aber doch, wo möglich, näher auf den Grund zu sehen.

Einige Zeit verstrich, da war er eines Nachmittags zu Pferde gestiegen, um eine seiner entferntern Besitzungen zu besuchen, wo er mehrere Tage zubringen wollte. Schon hatte er einen guten Teil des Weges gemacht, und der Abend fing an einzubrechen, da hörte er hinter sich laut und ängstlich seinen Namen rufen. Umblickend, erkannte er den alten Hausverwalter, der auf einem abgetriebenen

Pferde keuchend und atemlos ihn einzuholen sich bestrebte und mit Rufen und Händewinken anzuhalten und ihn zu erwarten bat. Der Graf zog den Zügel seines Rosses an und hielt. Angelangt, drängte der Alte sich hart an seinen Herrn und stammelte ihm keuchend seine Kunde ins Ohr. Der Veranlasser jener Besorgnisse, der rätselhafte Unbekannte war wieder in der Nähe des Schlosses gesehen worden. Der Graf wandte sein Roß, und eines Laufes sprengten sie den Weg zurück, heimwärts, mit Mühe von den Dienern gefolgt. Eine gute Strecke vom Schlosse stiegen beide ab und gaben die Pferde dem Diener, der angewiesen wurde, ihrer an einem bezeichneten Platze zu harren. Durch Gestrüpp und Dickicht gingen sie jener Warte zu, wo der Fremde sich am öftesten zeigen sollte. Es war indes dunkel geworden, und der Mond zögerte noch aufzugehen, obschon bereits durch eine dämmernde Helle am Saum des Horizontes angekündigt. Da fiel plötzlich durch die dicht verschlungenen Zweige ein Licht in ihre Augen, in derselben Richtung, in der jene Warte liegen mußte. Sie beeilten sich, den Rand des Waldes zu erreichen, und waren nun am Fuße des von Bäumen entblößten Hügels angekommen, auf dem die Warte stand. Aber kein Licht blickte durch die ausgebröckelten Schußscharten; keine Spur eines menschlichen Wesens. Zwar wollte der alte Verwalter bei dem Schein des eben aufgehenden Mondes frische Fußtritte am Boden bemerken, auch war es keineswegs in der Ordnung, die Türe unverschlosssen zu finden; aber das erste Anzeichen konnte täuschen, das andere ließ sich so leicht aus einer Nachlässigkeit des Schloßwarts erklären.

Leichter atmend, ging der Graf mit seinem Begleiter den Hügel herab, dem Schlosse zu. Der Mond warf sein Silber über die ruhig schlummernde Gegend und verwandelte das vor ihnen liegende Schloß in einen schimmernden Feenpalast. In der Seele Starschenskys ging, reizender als je, das Bild seiner Gattin auf. Jetzt erst gestand er sichs, daß ein Teil des in ihm aufkeimenden Verdachtes ihr gegolten hatte, und nun, im Gefühle seines Unrechts, ihr Bild, wie sie sorglos schlummernd im jungfräulichen Bette lag, vor den Augen seiner Seele, entstand eine Sehnsucht nach ihr in seinem Innern, wie er sie seit den Tagen des ersten Begegnens, der bräutlichen Bewerbung kaum je empfunden hatte.

So träumte er, so ging er. Da fühlte er sich plötzlich angestoßen. Sein Begleiter wars; der zeigte mit dem Finger vor sich hin in das hellerleuchtete Feld. Starschensky folgte der Richtung und sah eine Mannsgestalt, welche, die vom Monde unerleuchtete, dunkle Seite ihnen zugekehrt, übers Feld dem Schlosse zuschlich. Der Graf war sein selbst nicht mächtig. Mit einem lauten Ausruf, den gezückten Säbel in der Faust, stürzte er auf die

Gestalt los. Der Fremde, frühzeitig gewarnt, floh, vom Schlosse ab, den Bäumen zu. Schon im Begriffe, ihn dahin zu verfolgen, ward der Graf durch eine zweite Erscheinung davon abgehalten, die dicht an der Mauer des Schlosses sich hinschob. Diese zweite ward bald erreicht und gab sich zitternd und bebend als Dortka, der Gräfin Kammermädchen, kund. Auf die erste Frage: Was sie hier gemacht? stotterte sie unzusammenhängende Entschuldigungen; die zweite: wie sie hierher gekommen? beantwortete an ihrer Statt das geöffnete Ausfallpförtchen, das, gewöhnlich versperrt und verriegelt, nur auf des Grafen Befehl mit einem Schlüssel, den er selbst verwahrte, geöffnet werden konnte.

Alle Versuche, von dem Mädchen ein Geständnis zu erpressen, waren vergeblich. Da ergriff sie der Graf hocherzürnt bei der Hand und führte sie gewaltsam durch die mannigfach verschlungenen Gänge bis zu den Zimmern seiner Gemahlin, die er noch erleuchtet und unverschlossen fand. Elga selbst war wach und in Kleidern. Der Graf, stotternd vor Wut, erzählte das Geschehene und verlangte, daß das Mädchen entweder augenblicklich bekenne, oder auf der Stelle aus Dienst und Hause entfernt werde. Dortka war auf die Kniee gefallen und zitterte und weinte.

Starschensky hatte sich seine Gattin verlegen oder seinem gerechten Zorne beistimmend gedacht. Keines von beiden geschah. Kalt und teilnahmslos bat sie ihn anfangs, die Ruhe des Hauses nicht durch sein lautes Schelten zu stören, und als er fortfuhr und die Entfernung des Mädchens begehrte, da erklärte sie mit steigender Wärme: Ihr gebühre, über das Verhalten ihrer Dienerinnen zu richten, sie selbst werde untersuchen und entscheiden. Der Graf, außer sich, zog das Mädchen vom Boden auf, sie gewaltsam aus dem Zimmer zu bringen, aber Elga sprang hinzu, ergriff des Mädchens andere Hand, riß sie zu sich, indem sie ausrief: Nun denn, so stoß auch mich aus dem Hause, denn darauf ist es doch wohl abgesehen! daß ich früher dich so gekannt! Unglückliche, die ich bin! fuhr sie laut weinend fort; gekränkt, mißhandelt! Aber schuldlose Diener sollen nicht um meinetwillen leiden! Dabei zeigte sie dem Mädchen mit dem Finger auf die Türe ihres Schlafgemaches; diese verstand den stummen Befehl und ging eilig hinein. Elga folgte und schloß die Türe hinter sich ab.

Starschensky stand wie vom Donner getroffen. Einmal raffte er sich empor und ging auf das Zimmer seiner Frau zu; halben Weges aber blieb er stehen und versank neuerdings in dumpfes Staunen. Der alte Hausverwalter trat zu ihm und sprach einige Worte; der Graf aber ging ohne Antwort an ihm vorüber zur Türe hinaus, über die Gänge, auf sein Gemach, das im entgegengesetzten Flügel des Schlosses lag. An der Schwelle wendete er sich um, durch eine Bewegung der Hand jede Begleitung zurückweisend, und die Türe ging hinter ihm zu. Wie er die Nacht zubrachte; wer kann es wissen? Der Diener, der des Morgens zu ihm eintrat, fand ihn angekleidet, auf einem Stuhle sitzend. Er schien zu schlafen, doch näher besehen, standen die Augen offen und starrten vor sich hin. Der Diener mußte einigemal seinen Namen nennen, bis er sich bewegte. Dann erst meldete jener seine Botschaft, indem er ihn im Namen der Gräfin bat, das Frühstück auf ihrem Zimmer einzunehmen. Starschensky sah ihn staunend an, dann aber stand er auf und folgte schweigend, wohin jener ihn, vortretend, geleitete.

Heiter und blühend, als ob nichts vorgefallen wäre, kam ihm Elga entgegen; sie erwähnte halb scherzend der Ereignisse der verflossenen Nacht. Das Kammermädchen ward eines heimlichen Liebeshandels angeklagt, Dortka selbst gerufen, die ein unwahrscheinliches Märchen unbeholfen genug erzählte. Zuletzt bat sie um Verzeihung, welche die Gräfin, mit Rücksicht auf sonst gezeigtes gutes Betragen, im eigenen und in ihres Gatten Namen großmütig erteilte. Der Graf, am Schlusse doch auch um seine Zustimmung befragt, erteilte diese kopfnickend, und das Mädchen blieb im Hause.

Schweigend nahm Starschensky das Frühstück ein, stumm ging er aus dem Schlosse. Der alte Hausverwalter, der ihm auf seinem Wege entgegenkam, wagte, neben ihm hergehend, nicht, das Stillschweigen zu brechen, und suchte nur in den Zügen seines Herrn Antwort auf seine zurückgehaltenen Fragen und Zweifel. So gingen sie, so verrichteten sie ihre Geschäfte, wie sonst, wie immer. Der Graf bestrebte sich nicht bloß, über die Vorfälle des gestrigen Tages nichts zu denken, er dachte wirklich nichts. Denn wenn der verfolgte Strauß sein Haupt verbirgt und wähnt, sein Nichtsehen der Gefahr sei zugleich ein Nichtdasein derselben, so tut der Mensch nicht anders. Unwillkürlich schließt er sein Auge vor einem hereinbrechenden Unvermeidlichen, und jedes Herz hat seine Geheimnisse, die es absichtlich verbirgt vor sich selbst.

Einige Tage darauf wollte Starschensky eintreten bei seiner Gemahlin. Es hieß, sie sei im Bade; doch hörte er die Stimme seines Kindes im nächsten Gemache, und er ging hinein. Da fand er die Kleine am Boden sitzend, mitten in einer argen Verwirrung, die sie angerichtet. Elgas Schmuck und Kleinodien lagen rings um das Kind zerstreut, und das offene, umgestürzte Schmuckkästchen nebst dem herabgezogenen Teppich des daneben stehenden Putztisches zeigte deutlich die Art, wie es sich das kostbare Spielzeug verschafft hatte. Starschensky trat gutmütig scheltend hinzu, stritt dem Kinde Stück für Stück seinen Raub ab, und versuchte nun die glänzenden Steine wieder an ihre Stelle zu legen. Der Deckel des Schmuckkästchens, augenscheinlich ein doppelter, war durch den Sturz vom Tische aus den

Fugen gewichen, und da der Graf versuchte, ihn, mit dem Finger drückend, wieder zurückzupressen, fiel der innere Teil der doppelten Verkleidung auf den Boden und zeigte in dem rückgebliebenen hohlen Raume ein Porträt, das, schwach eingefügt, leicht von der Stelle wich und das nun der Graf hielt in der zitternden Hand.

Es war das Bild eines Mannes in polnischer Nationaltracht. Das Gefühl einer entsetzlichen Ähnlichkeit überfiel den Grafen wie ein Gewappneter. Da war das oft besprochene Naturspiel mit den schwarzen Augen und blondem Haare, wie – bei seinem Kinde. – Er sah das Mädchen an, dann wieder das Bild. – Diese Züge hatte er sonst schon irgend gesehen; aber wann? wo? – Schauer überliefen ihn. – Er blickte wieder hin. Da schaute ihn sein Kind mit schwarzen Schlangenaugen an, und die blonden Haare loderten wie Flammen, und die Erinnerung an jenen verschmähten Vetter in Warschau ging gräßlich in ihm auf. – Oginsky! schrie er und hielt sich am Tische, und die Zähne seines Mundes schlugen klappernd aneinander.

Ein Geräusch im Nebenzimmer schreckte ihn empor. Er befestigte den Deckel an seine Stelle, schloß das Kästchen, das Bild hatte er in seinen Busen gesteckt; so floh er, wie ein Mörder.

Diesen Tag ward er im Schlosse nicht mehr gesehen. Sein Platz blieb leer am Mittagstische. Gegen Abend kam er ins Zimmer der Wärterin und verlangte nach dem Kinde. Das nahm er bei der Hand und führte es in den Garten, der einsam gelegenen Mooshütte zu. Dort fand ihn nach einer Stunde der suchende Hausverwalter, in eine Ruhebank zurückgelehnt. Das Kind stand zwischen seinen Knieen, er selbst hielt ein Bild in der Hand, abwechselnd auf dieses, dann auf die Kleine blickend, wie einer, der vergleicht, meinte der alte Mann.

Am folgenden Morgen war Starschensky verreist, niemand wußte wohin. Er aber war in Warschau; dort forschte er, zu spät! nach Elgas früheren Verhältnissen. Er erfuhr, daß sie und Oginsky, der in des alten Starosten Hause erzogen war, sich schon frühzeitig geliebt, daß, aus Besorgnis vor der wachsenden Vertraulichkeit, der aussichtslose Vetter entfernt wurde; daß, aus seiner Verbannung zurückkehrend, kurz vor Starschenskys Vermählung, er seine Ansprüche erneuert habe und jene bedeutende Summe Geldes, die in des alten Laschek letztem Willen ihm zugedacht war, zum Teil der Preis seines Rücktrittes war; daß Elga sich nur schwer von ihm getrennt und seine Armut und Starschenskys Reichtum, verbunden mit dem Andringen ihrer Verwandten, der Hauptgrund ihrer Einwilligung zur Verbindung mit dem Grafen gewesen war. All diese Geheimnisse soll einer von Elgas Brüdern, gegen den er sich zur rechten Zeit freigebig zeigte, dem Grafen für Geld verraten und ihm zugleich den Ort angezeigt haben, wo Oginsky, einem geleisteten Schwur zufolge, sich verborgen hielt.

Auf dem Schlosse herrschte unterdessen Unruhe und Besorgnis. Elga selbst war übrigens augenscheinlich die Ruhigste von allen. Sie schien das befremdliche Betragen ihres Gatten noch auf Rechnung jener nächtlichen Überraschung zu schieben, über die, da durchaus niemandem etwas Bestimmtes zur Last gelegt werden konnte, der Graf, wie sie hoffte, sich am Ende wohl selbst beruhigen werde. Jenes Kammermädchen war noch immer in ihren Diensten.

Unvermutet erschien nach einiger Zeit der Graf auf der Grenze seiner Besitzung, in seinem Gefolge ein verschlossener Wagen, von dessen Inhalt niemand wußte. Eine verhüllte Gestalt, vielleicht durch Knebel am Sprechen verhindert, ward herausgehoben und dem durch Briefe im voraus an die Grenze beschiedenen Hausverwalter übergeben. Die alte Warte an der Westseite des Tiergartens, seitdem sorgfältig verschlossen, nahm die sonderbare Erscheinung in ihren Gewahrsam, und dunkle Gerüchte verbreiteten sich unter den Bewohnern der Umgegend.

Der Graf ging auf sein Schloß. Laut jubelnd kam ihm Elga entgegen, das Kind an ihrer Hand. Er hörte, wie unruhig man über seine plötzliche Abreise gewesen, wie sehnlich man ihn zurückerwartet. Der Kleinen Fortschritte wurden gerühmt, einige

Proben der erlangten Geschicklichkeit auf der Stelle abgelegt. Da die Zeit des Abendessens gekommen war, erklärte Starschensky sich unpaß und ermüdet von der Reise. Er ging, trotz aller Gegenvorstellungen, allein auf sein Zimmer, wo er sich einschloß. Doch war sein Bedürfnis nach Ruhe nur vorgegeben, denn nachts verließ er sein Gemach und ging allein nach der Warte, wo er bis zum grauenden Morgen blieb.

Am darauf folgenden Tage war Elga verdrüßlich, schmollend. Des Grafen nächtlicher Gang war nicht unbemerkt geblieben. Elga fand sich vernachlässigt und zeigte ihre Unzufriedenheit darüber. Starschensky unterbrach ihre mißmutigen Äußerungen, indem er von ihrer beiderseitigen Lage zu sprechen anfing. Er bemerkte, daß bei seinem jetzigen Aufenthalte in Warschau, bei dem erneuten Anblick der Zerstreuungen jener genußliebenden Stadt es ihm klar geworden, wie ein so reizendes, lebensfrohes Wesen, als Elga, auf dem Lande gar nicht an ihrer Stelle sei. Er fragte sie, ob sie den Aufenthalt in der Hauptstadt vorziehen würde? An seiner Seite, entgegnete sie. – Er selbst, versicherte der Graf, werde durch seine Geschäfte auf den Gütern festgehalten; seine Vermögensumstände seien schlimmer, als man geglaubt, er müsse bleiben. Dann bleibe auch sie, sagte Elga. An seiner Seite wolle sie leben und sterben. Nun verwünschte sie die beiden Brüder, die durch ihre unverschämten Forderungen den allzu guten Gatten in so manche Verlegenheit gestürzt. Sie versicherte, nun aber auch jeden Rest von Liebe für sie abgelegt zu haben. Wenn ihre Brüder bettelnd vor der Türe ständen, sie würde nicht öffnen, sagte sie. Der Graf übernahm zum Teil die Verteidigung seiner Schwäger. Er habe sie in Warschau gesprochen. Es war einer ihrer Verbannungsgefährten bei ihnen – wie hieß er doch? – Elga sann gleichfalls nach. – Oginsky! rief der Graf und blickte sie rasch an. Sie veränderte nicht eine Miene und sagte: Die Genossen meiner Brüder sind alle schlecht, dieser aber ist der schlechteste! – Welcher? – Den du nanntest! – Welcher war das? – Nun, Oginsky! antwortete sie, und ein leichtes Zucken in ihren Zügen verriet eine vorübergehende Bewegung.

Der Graf war ans Fenster getreten und blickte hinaus. Elga folgte ihm, sie lehnte den Arm auf seine Schulter. Der Graf stand unbeweglich. Starschensky, sagte sie, ich bemerke eine ungeheure Veränderung in deinem Wesen. Du liebst mich nicht, wie sonst. Du verschweigst mir manches. Der Graf wendete sich um und sagte: Nun denn, so laß uns reden, weil du Rede willst. Du kennst die Zerrüttung meiner Vermögensumstände, du kennst deren Ursache. Was noch sonst mich drückt, weiß nur ich. Wenn nun diese Ereignisse schwer auf mir liegen, so martert nicht weniger der Gedanke, daß ich die Ursache wohl gar selbst herbeigeführt habe. Gewiß war der Leichtsinn tadelnswert, mit dem ich das

Erbe meiner Väter verwaltete; vielleicht war ich aber sogar damals strafbar, als ich, der Störrische, an Abgeschiedenheit Gewohnte, um die Hand des lebensfrohen Mädchens warb, unbekümmert über die Richtung ihrer Gefühle und Neigungen, unbekümmert, ob ich sie, meine Frau geworden, zu einer Lebensart verdammte, deren Einförmigkeit ihr unerträglich werden mußte. – Starschensky! sagte Elga und sah ihn mit schmeichelndem Vorwurfe an. – Man hat mir fremde Dienste angeboten, fuhr Starschensky fort, und genau besehen, ist es vielleicht am besten, ich meide für einige, vielleicht für längere Zeit das Land meiner Väter. Gestern noch waren meine Entschlüsse finsterer. Aber die Überlegung der heutigen Nacht zeigte mir diesen Entschluß als den besten. Heute nacht, versetzte Elga mißtrauisch, heute nacht hast du überlegt? Und wo? Auf jener Warte etwa? Und da Starschensky betroffen zurückfuhr: Hab ich dich? – fuhr sie fort. Von dort her holst du deine Besorgnisse? Von dorther deinen Wunsch zu reisen? Und die Reisegefährtin wohl auch? Durch das Gerücht mußte ich erfahren, wie eine verhüllte Gestalt, wahrscheinlich eine glücklichere Geliebte, dort abgesetzt ward, zu der du nun allnächtlich die Zärtlichkeit trägst, die du an dem Altare *mir* zugeschworen. Ist das mein Lohn? – Komm! wendete sie sich zu dem danebenstehenden Kinde, komm! Wir sind ihm zur Last! Er hat andere Freuden kennengelernt, als in dem Kreise der Seinen! Damit wendete sie sich zum Gehen. Ein gellendes Hohngelächter entfuhr dem Munde des Grafen, über das er selbst zusammenschrak, wie über das eines andern. Elga wendete sich um. Ich wußte wohl, sagte sie, daß es nur Scherz war. Aber die Enthüllung des Geheimnisses jener Warte ersparst du dir doch nicht. Ich muß selbst schauen, was sie verbirgt. Versprichst du mir das? Der Graf war auf ein Ruhebett gesunken und verhüllte das Gesicht in seine beiden Hände. Da hörte er eine Türe gehen. Durch die Finger blickend, sah er das Kammermädchen seiner Frau, die eben mit ihrem Nachtzeuge eintreten wollte, und Elgan, die mit einem listigen Gesichte ihr Entfernung zuwinkte. Elga nahte hierauf dem Ruhebette und, sich neben ihren Gatten hinsetzend, sprach sie: Komm, Starschensky, laß uns Frieden schließen! Wir haben uns ja doch schon so lange nicht ohne Zeugen gesprochen. Damit neigte sie ihre Wange an die seinige und zog eine seiner Hände an ihr klopfendes Herz. Ein Schauder überfiel den Grafen. Höllenschwarz stands vor ihm. Er stieß sein Weib zurück und entfloh.

Mitternacht hatte geschlagen. Alles im Schlosse war stille. Elga schlief in ihrem Zimmer. Da fühlte sie sich angefaßt und, aus dem Schlafe emporfahrend, sah sie beim Schein der Nachtlampe ihren Gatten, der, eine Blendlaterne in der Hand, sie aufstehen und sich ankleiden hieß. Auf ihre Frage: wozu? entgegnete er: Sie habe Verlangen gezeigt, die Geheimnisse jener Warte kennenzulernen. Am Tage ginge das nicht an; wenn sie aber Finsternis und Nachtluft nicht scheue, so möge sie ihm folgen. Aber hast du nichts Arges im Sinne? fragte die Gräfin; du warst gestern abends so sonderbar! Wenn du nicht folgen willst, so bleibe, sprach Starschensky und war im Begriffe, sich zu entfernen. Halt! rief Elga. Wenn Furchtsamkeit der Weiber allgemeines Erbteil ist, so bin ich kein Weib. Auch muß dieser Zustand von Ungewißheit enden. Vielleicht bist du in dich gegangen, hast erkannt. – Wenn du dich überzeugen willst – sprach Starschensky, so steh auf und folge mir. Elga war aus dem Bette gesprungen und hatte einen Schlafpelz übergeworfen. Sie wollte gehen. Aber indes war das Kind erwacht, das in dem Bette ihr zur Seite schlief. Es fing an zu weinen. Dein Kind wird die Bewohner des Schlosses wecken, sagte der Graf. Da, ohne ein Wort zu sprechen, nahm Elga die Kleine empor, wickelte sie in ein warmverhüllendes Tuch und, das Kind auf dem Arme, folgte sie dem leitenden Gatten.

Die Nacht war kühl und dunkel. Die Sterne zwar schimmerten tausendfältig am trauergefärbten Himmel, aber kein Mond beleuchtete der Wandler einsamen Pfad, nur des Grafen Blendlaterne warf kurze Streiflichte auf den Boden und die untersten Blätter der mitternächtig schlummernden Gesträuche.

So hatten sie den, von seiner ehemaligen Benützung so genannten Tiergarten durchschritten und waren nun bei jener Warte angelangt, dem eigentlichen Ziele ihrer Wanderung. Da wendete der Graf sich um zu seiner Gattin und sprach: Du bist nun im Begriffe, das verborgenste Geheimnis deines Gatten zu erforschen. Du willst ihn überraschen über dem Bruche seiner ehelichen Treue, ihn beschämen in Beisein einer verworfenen Geliebten. Es ist billig, daß Gefahr und Vorteil auf beiden Seiten gleich sei. Bevor du eintrittst, schwöre mir, daß du selber nie eines gleichen Fehls dich schuldig gemacht, daß du rein seist an dem Verbrechen, dessen du zeihst deinen Gatten. Du suchst Ausflüchte, sprach Elga. Weib! fuhr der Graf fort, durchgeh in Gedanken dein verflossenes Leben, und wenn du eine Makel, ich will nicht sagen, ein Brandmal, darin entdeckst, so tritt nicht ein in dieses Gemäuer. Elga drängte sich am Grafen vorbei, dem Eingange zu. Er stellte sich ihr von neuem in den Weg, indem er ausrief: Du gehst nicht ein, bevor du mirs eidlich versichert. Lege die Hand auf das Haupt deines Kindes und schwöre! Da legte Elga die Rechte auf das Haupt der schlummernden Kleinen und sprach: So überflüssig mir ein solcher Schwur scheint, so gut du selbst davon überzeugt bist, wie sehr er es sei, so bekräftige ich doch! – Halt! schrie Starschensky, es ist genug. Tritt ein und sieh!

Der Graf schloß auf. Sie stiegen eine schmale Wendeltreppe hinan, die zu einer gleichfalls verschlossenen Türe führte. Der Graf öffnete auch diese, und nun traten sie in ein geräumiges Gemach, dessen innerer Teil durch einen dunklen Vorhang abgeschlossen war. Der Graf setzte Stühle an einem vorgeschobenen Tische zurecht, entzündete an dem Lichte seiner Blendlaterne zwei Wachskerzen in schweren, ehernen Leuchtern, zog aus der Schublade des Tisches ein Heft Papiere hervor und winkte seiner Frau, sich zu setzen, indem er sich gleichfalls niederließ. Elga sah rings um sich her, bemerkte aber niemand. Sie saß und hörte.

Da begann der Graf, dem Lichte näher rückend, zu lesen aus den Papieren, die er hielt: ‚Auch bekenne ich mit der Tochter des Starosten Laschek unerlaubte Gemeinschaft gepflogen zu haben; vor und nach ihrer Vermählung mit dem Grafen Starschensky. Ihrer Ehre einziges Kind –‘ Unerhörte Verleumdung! schrie Elga und sprang auf. Wer wagt es, mich solcher Dinge zu zeihen? Oginsky! rief der Graf. Steh auf und bekräftige deine Aussage! Bei diesen Worten hatte er den Vorhang hinweggerissen, und eine Mannsgestalt zeigte sich, auf Stroh liegend, mit Ketten an die Wand gefesselt. Wer ruft mir? fragte der Gefangene. Elga ist hier, sagte der Graf, und fragt, ob es wahr sei, daß du mit ihr gekost? Wie oft soll ichs noch wiederholen? sagte der Mann, sich in seinen Ketten umkehrend. – Hörst du? schrie der Graf zu seiner Gattin, die bleich und erstarrt dastand. Nimm hier den Schlüssel und öffne die Fesseln dieses Mannes! Elga zauderte. Da riß der Graf seinen Säbel halb aus der Scheide, und sie ging. Klirrend fielen die Ketten ab, und Oginsky trat vor. Was wollt Ihr von mir? sagte er. Du hast mich am Tiefsten verletzt, sprach der Graf. Du weißt, wie Männer und Edelleute ihre Beleidigungen abtun. Hier nimm diesen Stahl, fuhr er fort, indem er einen zweiten Säbel aus seinem Oberrocke hervorzog, und stelle dich mir! – Ich mag nicht fechten! sagte Oginsky. Du mußt! schrie Starschensky und drang auf ihn ein. Mittlerweile hörte man Geräusch auf der Treppe. Elga, die unbeweglich dagestanden hatte, sprang jetzt der Türe zu und versuchte diese zu öffnen, indem sie laut um Hülfe schrie. Starschensky ereilte sie, da sie eben nach der Klinke griff, stieß das Weib zurück und schloß die Türe ab. Die Zwischenzeit benützte Oginsky, und während der Graf noch am Eingange beschäftigt war, riß er das Fenster auf und sprang hinab. Der Fall war nicht tief; Oginsky erreichte unbeschädigt den Boden, und als der Graf von der Türe weg zum Fenster eilte, verhallten bereits die Fußtritte des Entflohenen in weiter Entfernung.

Der Graf wendete sich nun zu seiner Gemahlin. Dein Mitschuldiger ist entflohen, sagte er, aber du entgehst mir nicht. Kannst du jene Verleumdung glauben? stammelte Elga. Ich glaube dem, was ich weiß, sprach Starschensky, und dem Stempel der Ähnlichkeit in den Zügen dieses Kindes. Du mußt sterben, sagte er, und zwar hier auf der Stelle! Elga war auf die Kniee gefallen. Erbarme dich meines Lebens, rief sie. Beginne mit mir, was du willst! Verbanne mich! verstoße mich! heiße mich in einem Kloster, in einem Kerker den Rest meiner Tage vollbringen, nur laß mich leben! leben! Der Graf bedachte sich eine Weile, dann sprach er: Weil du denn dieses schmacherfüllte, scheußliche Dasein schätzest, über alles, so wisse: ein einziges Mittel gibt es, dich zu retten. Nenn es, nenne es, wimmerte Elga. Der Brandfleck meiner Ehre, sprach der Graf, ist dies Kind. Wenn *seine* Augen der Tod schließt, wer weiß, ob mein Grimm sich nicht legt. Wir sind allein, niemand sieht uns, Nacht und Dunkel verhüllen die Tat. Geh hin und töte das Kind! – Wie, ich? schrie Elga. Töten? Mein Kind? Unmenschlicher! Verruchter! Was sinnst du mir zu? Nun denn! rief Starschensky und hob den weggeworfenen Säbel vom Boden auf. Halt! schrie Elga, halt! Ich will! Sie stürzte auf ihr Kind los und preßte es an ihren Busen, bedeckte es mit Tränen. Du zauderst? schrie Starschensky und machte eine Bewegung gegen sie. Nein! nein! rief Elga. Verzeihe mir Gott, was ich tun muß, was ich nicht lassen kann. Verzeihe du mir, zum Unglück Gebornes! Damit hatte sie das Kind wiederholt an ihre Brust gedrückt; mit weggewandtem Auge ergriff sie eine große Nadel, die ihren Pelz zusammenhielt; das Werkzeug blinkt, der bewaffnete Arm – Halt! schrie plötzlich Starschensky. Dahin wollt ich dich haben! sehen, ob noch eine Regung in dir, die wert des Tages. Aber es ist schwarz und Nacht. Dein Kind soll nicht sterben, aber, Schändliche, du! und damit stieß er ihr den Säbel in die Seite, daß das Blut in Strömen emporsprang, und sie hinfiel über das unverletzte Kind.

Dieselbe Nacht war eine des Schreckens für die Bewohner der umliegenden Gegend. Von einer Feuerröte am Himmel aufgeschreckt, liefen sie zu und sahen die alte Warte an der Westseite der Tiergartenmauer von Starschenskys Schlosse in hellen Flammen. Alle Versuche zu löschen waren vergebens; bald standen nur schwarze Mauern unter ausgebrannten rauchenden Trümmern. Man wollte den Grafen wecken; er fehlte, mit ihm sein Weib, sein Kind. Die Brandstätte ward durchsucht, und zwar allerdings menschliches Gebein aufgefunden, aber sollten das die Reste dreier Menschen sein?

Beim Scheiden derselben Nacht aber fühlte sich ein armes Köhlerweib im Gebirge die glücklichste aller Sterblichen. Denn als sie mit ihrem Manne lag und schlief, pochte es an der Hüttentüre. Sie stand auf und öffnete; da sah sie im Scheine des anbrechenden Morgens ein weinendes Kind von etwa zwei Jahren vor sich stehen, statt aller Kleider in ein weites Tuch gehüllt, ein Kästchen neben sich. Geöffnet, zeigte dieses mehr Gold, als sich das arme Paar je beisammen geträumet hatte. Ein paar beigelegte Zeilen empfahlen das Kind der Vorsorge der beiden und versprachen fernere Geldspenden in der Zukunft.

Nach zwei Tagen erschien der Graf wieder in der Mitte der Seinigen, aber nur, um sich zu einer Reise nach Warschau zu bereiten. Dort angelangt, suchte und erhielt er persönliches Gehör beim Könige, nach dessen Beendigung der Fürst, sichtbar erschüttert, seinen Kanzler holen ließ und ihm offene Briefe auszufertigen befahl, welche dem Grafen Starschensky, als letzten seines Stammes, die freie Verfügung über seine Lehengüter einräumten.

Die Güter selbst wurden teils verkauft und der Erlös zur Tilgung von Schulden verwendet, teils als Stiftung einem Kloster zu Eigentume gegeben, das man nicht fern von der Stelle zu bauen anfing, wo die alte, abgebrannte Warte gestanden hatte. Das ist die Geschichte dieses Klosters", endete der Mönch.

„Der Graf selbst aber?" – fragte einer der Fremden.

„Ich habe Euch gleich anfangs gewarnt", sagte der Mönch, „nicht weiter zu fragen, wenn ich aufhöre, nun tut Ihrs aber doch! Zahlreiche Seelmessen wurden gestiftet für die Ruhe derjenigen, die eine rasche Gewalttat hinweggerafft in der Mitte ihrer Sünden; um Vergebung für den Unglücklichen, der in verdammlicher Übereilung Verbrechen bestraft durch Verbrechen. Der Graf war Mönch geworden in dem von ihm gestifteten Kloster. Anfangs fand er Trost in der Stille des Klosterlebens, in der Einförmigkeit der Bußübungen. Die Zeit aber, statt den Stachel abzustumpfen, zeigte ihm stets gräßlicher seine Tat. Über ihn kam seines Stammes tatenheischender Geist und die Einsamkeit der Zelle ward ihm zur Folterqual. In Zweisprach mit Geistern und gen sich selber wütend, hütete man ihn als Wahnsinnigen manches Jahr. Endlich geheilt, irrte er bei Tag umher; jedes Geschäft war ihm Erquickung, an den Bäumen des Forstes übte er seine Kraft. Nur nachts, um die Stunde, da die beklagenswerte Tat geschah, die erste nach Mitternacht, wenn die Totenfeier beginnt" – – So weit war er in seiner Erzählung gekommen, da ward diese durch die ersten Töne eines aus der Klosterkirche herübertönenden Chorgesanges unterbrochen; zugleich schlug die Glocke ein Uhr.

Bei den ersten Lauten schütterte der Mönch zusammen. Seine Kniee schlotterten, seine Zähne schlugen aneinander, er schien hinsinken zu wollen, als sich plötzlich die Türe öffnete, und der Abt des Klosters in hochaufgerichteter Stellung, das Kreuz seiner Würde funkelnd auf der Brust, in die Schwelle trat. „Wo bleibst du, Starschensky?" rief er. „Die Stunde deiner Buße ist gekommen." Da wimmerte der Mönch und zusammengekrümmt, wie ein verwundetes Tier, in weiten Kreisen, dem Hunde gleich, der die Strafe fürchtet, schob er sich der Türe zu, die der Abt, zurücktretend, ihm freiließ. Dort angelangt, schoß er wie ein Pfeil hinaus, der Abt, hinter ihm, schloß die Türe.

Noch lange hörten die Fremden dem Chorgesange zu, bis er verklang in die Stille der Nacht und sie ihr Lager suchten zu kurzer Ruhe.

Am Morgen nahmen sie Abschied vom Abte, ihm dankend für die gastfreundliche Bewirtung. Der Jüngere gewann es über sich, nach dem Mönche der gestrigen Nacht zu fragen, worauf der Prälat, ohne zu antworten, ihnen eine glückliche Reise wünschte.

Sie zogen nach Warschau und nahmen sich vor, auf der Rückreise weitere Kunde von dem Zustande des Mönches einzuziehen, in dem sie wohl den unglücklichen Starschensky erkannt hatten. Aber eine Änderung in ihren Geschäften schrieb ihnen eine andere Straße zur Rückkehr vor, und nie haben sie mehr etwas von dem Mönche und dem Kloster bei Sendomir gehört.

ENTWURF
ZUM KLOSTER BEI SENDOMIR

Tagebuch Nr. 1245 aus dem Jahre 1822

Ein polnischer Edelmann wirft seine Augen auf ein Mädchen aus einer vornehmen, aber durch Unglücksfälle sehr herabgekommenen Familie. Ihre Eltern sind in Schulden; der Edelmann zahlt sie. Ihre Brüder leben, wegen Staatsvergehen, verbannt außer Landes; jener verwendet sein Ansehen, bis sie begnadigt werden. Das ganze Haus wird durch ihn wieder hergestellt. Endlich heiratet er das Mädchen. Glücklich in dem Besitze seiner Geliebten, wird dies Glück bald noch dadurch vermehrt, daß sie sich schon nach den ersten Monaten schwanger findet. Auf der Jagd, seinem Lieblingszeitvertreibe, erzählt er einem alten Förster, der Pfleger seiner Kindheit war, seine Hoffnung, sein Glück. Statt an der Freude seines Herrn Teil zu nehmen, sieht dieser vor sich hin auf den Boden und antwortet nicht. Befremdet fragt der Graf um die Ursache des sonderbaren Benehmens. Der Förster zögert, der Graf zürnt, und endlich hört er was besser verschwiegen geblieben wäre. Während er im Forste der Jagd obliegt, genießt bei seiner Frau ein schon seit früher Zeit Begünstigter, was nur dem Gatten zukommt. Spät erst glaubt der Enttäuschte das jedermann außer ihm schon seit langem Bekannte. Endlich sieht er sogar selbst und kann nun nicht mehr zweifeln. Ruhig von außen wartet er die Niederkunft seiner Frau ab, wartet noch zehn Wochen nachher, bis sie sich völlig erholt. Nun läßt er sie eines

Tages zu sich rufen. Sie erscheint, mit dem Kinde. Ehebrecherin, donnert er ihr entgegen, du bist entlarvt! Du mußt sterben! und zückt den Dolch. Wimmernd wirft sich ihm die Elende zu Füßen und bekennt; nur um ihr Leben bittet sie. Umsonst! Nur ein Weg der Gnade ist: wenn sie selbst die Frucht des Ehebruchs vernichtet, wenn sie selbst ihre Haarnadel dem Kinde ins Herz drückt. Das Kleine wird dann für gäh gestorben ausgegeben, die Schmach bleibt verdeckt und die Verbrecherin mag, wenn gleich in der Ferne, verbannt, leben. Sie verweigerts; der Dolch droht von neuem und endlich – zieht die Mutter eine Nadel aus dem Haare und will das Entsetzliche vollbringen. Das wollt ich sehen, Ungeheuer! ruft er schaudernd, ob noch ein Funken menschlichen Gefühls in dir, noch ein Keim für Buße, für Reue! Es ist nicht, und so – da stößt er sie nieder. Wenn sie sich geweigert, weiß Gott, spricht er und bedeckt die Leiche, weiß Gott, ich hätte ihr in einem Kloster Zeit gelassen sich wieder zu finden und das verletzte Recht. Drauf gibt er das Kind einem treuen Knechte, der soll es erziehen, als bäurischen Eltern entsprossen. Seine Güter schenkt er halb seinen Untertanen, halb widmet er sie der Stiftung eines Klosters, wo zwölf Mönche beten sollen für die Seelen zweier Sünder. Er selbst ging in die Wildnis und ward nicht mehr gesehen.

LITERATURHINWEISE

Die Erzählung erschien erstmals im Taschenbuch *Aglaja* für das Jahr 1828, hrsg. von Joseph Schreyvogel, Wien: J. B. Wallishausser, 1827.

Baumgart, Wolfgang: Grillparzers *Kloster bei Sendomir.* In: Zeitschrift für deutsche Philologie 67 (1942) S. 162–176.

Himmel, Hellmuth: Geschichte der deutschen Novelle. Bern/München 1963.

Klein, Karl Kurt: Der Elga-Stoff bei Grillparzer und Gerhart Hauptmann. In: Der Wächter 11 (1929) S. 45–48 und 84–90.

Lesowsky, Josef: Castelli als Plagiator Grillparzers. In: Jahrbuch der Grillparzer-Gesellschaft 19 (1910) S. 293–298.

Obermayer, August: Franz Grillparzer, *Das Kloster bei Sendomir.* In: „Was nützt der Glaube ohne Werke…" Studien zu Franz Grillparzer anläßlich seines 200. Geburtstages. Hrsg. von A. O. Dunedin 1992. S. 205–218.

Paulsen, Wolfgang: Grillparzers Erzählkunst. In: The Germanic Review 19 (1944) S. 59–68.

Rich, Allen: The fine art of concealment in Grillparzer's *Das Kloster bei Sendomir.* In: Michigan Germanic Studies 1 (1975) S. 181–188.

Schaum, Konrad: Grillparzers *Kloster bei Sendomir.* In: Wort in der Zeit. Jg. 1962. S. 41–45.

Zuber, Margarete: Die deutschen Musenalmanache und schöngeistigen Taschenbücher des Biedermeier, 1815 bis 1848. In: Archiv für Geschichte des Buchwesens 6 (1957) S. 899 f.

NACHWORT

Grillparzers Erzählungen nehmen im Werk des Dichters nur einen sehr bescheidenen Platz ein. Er war der „geborene Dramatiker", wie ihn Hofmannsthal in seiner *Rede auf Grillparzer* nennt; was er sich an Einfällen, Notizen und Plänen aufnotiert, das rundet sich zum szenischen Bild oder zum Szenar, und die Personen werden ihm zu agierenden Wesen, die er sich schon während der Niederschrift auf der Bühne vorstellt. Diese enge Verbundenheit mit Schauspiel und Bühne hatte ihren Grund in der Theateratmosphäre Wiens, der Grillparzer von Kindheit an mit allen Fasern verhaftet war. In der *Selbstbiographie* erzählt er, wie er als Sechsjähriger auf dem Schoß des Stubenmädchens das Textbuch zur *Zauberflöte* gelesen und es als das Höchste angesehen hatte, „zu dem sich der menschliche Geist aufschwingen könne". Noch im Alter sah er Szenen aus den Ritter- und Geisterstücken vor sich, die er als Schulbub im Leopoldstädter Theater mit starker Intensität erlebt hatte. Ebenso wichtig war aber auch seine Überzeugung, daß die Prosa tiefer stehe als die gebundene Rede, die ‚Poesie'. Zu Adolf Foglár sagte er: „Es ärgert mich, wenn ein guter Dramatiker in Prosa schreibt. Es ist recht miserabel, wenn ein Mensch keinen inneren Halt hat und herumtanzt, wie andere pfeifen. Von jeher war der Vers die Sprache der Poesie, und Prosa die der Wirklichkeit. Die Poesie aber will sich eben von der Wirklichkeit entfernen, darum soll sie sich auch im Ausdruck von ihr unterscheiden; nur die Elemente muß sie von ihr nehmen. Poesie in Prosa ist Unsinn; darum mag ich keinen Roman oder nur ausnahmsweise lesen." (3. 12. 1843)

‚Poesie' ist ihm, wie er im Tagebuch oftmals schreibt, das Ausdrucksmittel der Kunst, während Prosa Ausdrucksmittel der Wissenschaft und, ganz allgemein, Verständigungsmittel ist. Dementsprechend rechnet er Erzählungen, deren Zweck in bloßer Unterhaltung besteht, wie sie etwa für die zahlreichen Almanachgeschichten verlangt war, nicht zur wesentlichen Aufgabe eines Dichters. So verwundert nicht, daß er neben seinen Gedichten, Epigrammen und Dramen die beiden Erzählungen als Nebenwerke auffaßte, als „anspruchslose" Produkte. Welch geringen Wert er ihnen beimaß, zeigt ein Brief an den Verleger Gustav Heckenast, in dem er über den *Armen Spielmann* schreibt: „... so muß ich nur bemerken, daß Erzählungen überhaupt nicht mein Fach sind ..." (19. 12. 1847?). Grillparzer hatte zunächst gar nicht an die Abfassung von Erzählungen gedacht. Als er sich im Jahre 1820 mit Grimms *Altdeutschen Wäldern* beschäftigte, stieß er auf die Sage von Walther von Aquitanien (in der Fassung der *Boguphallus-Chronik),* deren Hauptmotiv – Ehebruch und die Rache des Ehemanns am eheschänderischen Paar – ihn so faszinierte, daß er sich die Erzählung ins Tagebuch abschrieb. Dies jedoch weniger aus Interesse am Sagenstoff, sondern weil ihn selbst ein ähnliches Erlebnis, sein Verhältnis zu Charlotte von Paumgartten (1793-1827), beunruhigte und ihn drängte, durch dichterische Gestaltung Befreiung von seinem Schuldgefühl zu suchen. Charlotte, die im Jahre 1818 seinen Freund und Vetter Ferdinand von Paumgartten geheiratet hatte, zeigte verständige Anteilnahme an seinem Schaffen, und die gegenseitige Freundschaft wurde immer mehr zur hingebenden, leidenschaftlichen Liebe. Durch eine Reise nach Italien (1819) und durch einen Aufenthalt in Gastein (1820) suchte Grillparzer dieser Bindung zu entkommen, doch verfiel er nach der Rückkehr wiederum dem Einfluß Charlottens. Die Arbeit an der Trilogie *Das goldene Vließ* bot Anlaß für häufige Zusammenkünfte. In dem Verhältnis Jason – Medea spiegelte sich seine Beziehung zu Charlotte. Ende des Jahres 1821, Anfang 1822 verfaßte er für sie ein Widmungsblatt, in dem er schreibt, daß ihr diese Blätter *(Das goldene Vließ)* wert sein müssen: „Erstlich, weil sie der schrieb, der dich hochschätzt und liebt bis in den Tod. Zweitens, weil du an dem Werke selbst Anteil hast, durch den Anteil, den du an dem Verfasser nahmst, der in den peinlichsten Beunruhigungen über dies unheilvolle Vließ nur in deiner Nähe Ruhe und Trost fand, weil du gebetet hast für das Gelingen, weil du geweint hast mit meinen Weinenden, weil du dich gefreut hast in meiner Freude."

Als Grillparzer diese Zeilen schrieb, hatte er das Verhältnis zu Charlotte bereits innerlich gelöst (in das Jahr 1821 fällt seine Bekanntschaft mit Kathi Fröhlich, und er verlobt sich noch im gleichen Jahr mit ihr), und bald nach der Niederschrift des Widmungsblattes, im Herbst 1822 wohl, schrieb er sich ins Tagebuch einen ausführlichen Entwurf zum *Kloster bei Sendomir,* allerdings noch ohne Hinweis, ob es sich dabei um den Inhalt einer Erzählung oder eines Dramas handle.

Lange Zeit blieb dieser Entwurf unausgeführt. Grillparzer befaßte sich kaum damit, doch das Problem des Ehebruchs beschäftigte ihn bei seinen weiteren Arbeiten: zunächst im zweiten Aufzug von *König Ottokars Glück und Ende* in der Szene zwischen Zawisch und Kunigunde, auf die Grillparzer selbst im ersten seiner *Kritischen Briefe* verweist, wo er eine verheiratete Frau ihrem Liebhaber schreiben läßt: „... Ja wohl ein abscheuliches Stück! und unmoralisch! Eine Frau, die ihrem Manne in Gegenwart der Leute, und in seiner eigenen, untreu wird! Ich bitte dich! Und dann, was für ein Mann? Jung, schön, robust, wie Milch und Blut. Ja, wenns noch ein Knirps wie der meinige wäre! Ein höchst indecentes Stück!"

Noch deutlicher erscheint dieses Thema und seine Verbindung zum *Kloster bei Sendomir* in Grillparzers folgendem Drama *Ein treuer Diener seines Herrn.* Bancban entspricht dem Starschensky, seine junge Frau Erny der Elga (im Manuskript hatte Grillparzer sogar einmal „Elga“ statt „Erny“ geschrieben) und Herzog Otto von Meran dem Oginsky. Den engen Zusammenhang zwischen diesem Drama und dem *Kloster bei Sendomir* zeigt eine Tagebuchnotiz aus dem Jahre 1820, die sich sowohl auf Erny im *Treuen Diener* als auch auf Elga beziehen läßt: „Die hübsche E**, ohne überflüssigen Geist, aber jung und blühend an einen bejahrten, fast widerlichen Mann verheiratet, der ihr aber an Bildung überlegen ist, und sie durch Gefälligkeiten und Aufmerksamkeiten aller Art an sich zu fesseln oder vielmehr zu gewöhnen weiß. Durch ihn in größere Zirkel eingeführt, in denen sie ihrer Langenweile los wird, und mit Bequemlichkeiten umgeben, die ihren rein körperlichen Ansprüchen an das Leben wenn auch nicht völlig genug tun, doch wenigstens sie beschwichtigen, sieht sie ihren Mann als den Schöpfer dieses behaglichen Daseins an und ist ihm darum recht aufrichtig gut. Sie findet offenbar Wohlgefallen an manchen Männern, besonders an solchen von hübscher Außenseite, aber ihr Wunsch wird nie zum Verlangen, und selbst der Wunsch geht nie so weit, daß sie dächte: O wäre doch ein solcher mein Mann! sondern höchstens: O wäre doch mein Mann ein solcher! Schon ihre Liebe zum Gewohnten und Bequemen hält sie von jeder Untreue zurück, und die Unruhe einer Liebes-Intrigue könnte ihr nicht durch alle möglichen Reize derselben aufgewogen werden.“

Nach 1824 befaßte sich Grillparzer verschiedentlich mit dem Entwurf zur Erzählung, aber erst auf Drängen von Joseph Schreyvogel nimmt er im Jahre 1827 seine frühe Skizze vor, um sie zur Erzählung auszuarbeiten. Schreyvogel hatte sich an ihn gewandt und um eine Erzählung für das Taschenbuch *Aglaja,* dessen Herausgeber er seit 1817 war, gebeten, da ihm ein Beitrag, mit dem er gerechnet hatte, kurzfristig abgesagt worden war. Grillparzer liest zu dieser Zeit die lateinische Fassung des *Chronicon slavo-sarmaticum Procosii* und gewinnt daraus wichtige Anregungen (Baumgart). In dieser Chronik finden sich neben dem Ortsnamen Sandomir (Sendomir ist wohl auf einen Operntext für Cherubinis *Faniska* von Grillparzers Onkel Joseph Sonnleithner und auf eine Schiller-Reminiszenz aus *Demetrius* zurückzuführen) auch die Namen der beiden Hauptgestalten sowie die historische Einkleidung, die in Grillparzers Untertitel erscheint. Die Tatsache, daß Starschensky nach seiner Tat Mönch wird, las Grillparzer vermutlich wieder bei Grimm im *Chronicon Novalicense.* An den Auftritt Philipps mit der Infantin in Schillers *Don Carlos* erinnert die Szene, in der Starschensky sein Kind mit dem Porträt Oginskys vergleicht (Baumgart). Für die Ermordung der ehebrecherischen Gattin läßt sich auf das Vorbild der ersten Fassung der *Ahnfrau* verweisen; Elga entspricht der sündigen Ahnfrau, der alte Hausverwalter dem braven Kastellan Günther, Bertha dem kleinen Töchterlein Elgas. Beide Male geschieht die Tat in der Geisterstunde, zwischen zwölf und ein Uhr. – Selbst wenn der Bericht stimmt, daß diese Erzählung ganz in „Hast und Eile" geliefert wurde (Betty Paoli, 1875), eben nur aus Gefälligkeit, um Schreyvogel, dem Freund und väterlichen Förderer, aus einer Verlegenheit zu helfen, so hat sich Grillparzer doch fast zehn Jahre hindurch mit dem Stoff beschäftigt. Etwa zur gleichen Zeit, als die Erzählung im wesentlichen abgeschlossen war, im Herbst 1827, besuchte Grillparzer zum letzten Mal die todkranke Charlotte, die an ihrer Liebe zugrunde gegangen war, und notierte sich sehr sachlich ins Tagebuch: „Ich war gestern nachmittags bei Charlotten, die, beinahe rettungslos, krank ist, und jetzt schon aussieht wie eine Tote. In einem Augenblicke wo sonst niemand im Zimmer war, wendete sie sich zu mir, und sagte: Ich möchte lieber nicht leben, als der Verursacher eines solchen Zustandes sein. Mich griff aber das Ganze nicht sonderlich an. Außer einem grimmigen Abscheu, den ich über meine eigene Teilnahmslosigkeit empfand, fühlte ich keine große Bewegung, und ging bald wieder fort."

Mit dem Abschluß der Erzählung schien auch das Erlebnis mit Charlotte für Grillparzer vorüber zu sein, jedoch in der autobiographischen Satire *Le Poète Sifflé* aus dem Jahre 1829 erinnert er sich offenbar noch einmal daran: „Ich kann mir einen solchen [Dichter] denken, der ein Liebesverhältnis anknüpft, um die Ausbeute zu brauchen für sein nächstes Trauerspiel, der psychologische Experimente macht mit den Zuckungen eines durch ihn zerfleischten Herzens."

Sosehr die Erzählung also aus persönlichem Erleben hervorgewachsen war, so genau fügte sie sich in den Rahmen der *Aglaja*, in der mit Vorliebe Ehegeschichten veröffentlicht wurden. Schreyvogel selbst verfaßte mehrere Erzählungen, die sich mit Problemen und Gefahren der Ehe beschäftigten, und Grillparzer stimmt mit dem Zeitgeschmack überein, wenn er Verbrechen, Sühne und Buße miteinander verbindet und sie dem Leser eindringlich vor Augen stellt (Margarete Zuber).

Grillparzers Erzählung wurde rasch wieder vergessen. Als der Wiener Schauspieler und Literat Ignaz Franz Castelli 1858 die Erzählung *Der Thurm im Park* veröffentlichte, bemerkte niemand, daß es sich dabei um ein Plagiat handelte. Erst Josef Lesowsky wurde darauf aufmerksam und wies im Grillparzer-Jahrbuch 1910 nach, daß bei Castelli kein Satz vorkomme, der nicht bei Grillparzer seine genaue Entsprechung finde.

Etwa fünfzig Jahre später wurde *Das Kloster bei Sendomir* zur Anregung für Gerhart Hauptmanns *Elga.* Hauptmann hatte sich auf Grund der Verleihung des

Grillparzer-Preises intensiv mit Grillparzer beschäftigt und dann in vier Tagen (31. Januar – 3. Februar 1896) die Erzählung *Das Kloster bei Sendomir* zu dem Trauerspiel *Elga* umgewandelt. Abgesehen von geringen Änderungen übernahm Hauptmann weitgehend den Inhalt von Grillparzers Erzählung. Doch im Gegensatz zu Grillparzer steht bei ihm nicht mehr Starschensky im Mittelpunkt des Geschehens, sondern Elga. Sie wird notwendig zur Dirne, die trotz guter Absichten nicht anders kann. Bei Grillparzer vermag Oginsky zu entkommen, bei Hauptmann zwingt Oginskys Leichnam die leugnende Elga zum Geständnis ihrer ehebrecherischen Liebe und Schuld. – Gegenüber der knappen, düsteren Erzählung Grillparzers wirkt die Dramatisierung Hauptmanns unbeschwerter, aber auch verharmlosend und bisweilen redselig. Die Gestalt der Pania Maria, der Mutter Starschenskys, die Hauptmann zusätzlich einführt, überzeugt nicht. – Lange nach der Niederschrift, im Jahre 1905, wurde Hauptmanns Drama mit Erfolg uraufgeführt.

Noch einmal diente Grillparzers Erzählung als Vorbild und Anregung, nämlich im Jahre 1906 für Franz Kaibels Operntext *Der Mönch von Sendomir.*

Das Bild von einem der „reizendsten Täler“, vergoldet von der Abendsonne, der Blick auf das „wohnlich prangende“ Kloster zu Beginn der Erzählung versprechen einen Ort der Ruhe, der Geborgenheit. Doch der kurze, idyllische Eingang betont nur die Herbheit und Spannung des nachfolgenden Berichtes. Das Kloster ist eine Stätte der Unrast, ja des Grauens. Grillparzer verzichtet auf Ausschmückung und auf behagliches Verweilen zugunsten einer straffen Handlungsführung, die er konsequent durchhält. Hinweise auf Landschaft und Umgebung, knappe Angaben über den Charakter der Personen finden sich nur soweit unbedingt nötig in dieser Erzählung, die bisweilen bis an die Grenze des Erträglichen geht: etwa wenn sich der Mönch wimmernd zusammenkrümmt, gleich einem verwundeten Tier, und tief entwürdigt, kaum mehr einem Menschen gleich, flieht. Grillparzers Bewunderung für Kleist, den er immer wieder gelesen hat und von dem er sich schon im Jahre 1818 ins Tagebuch notiert hatte, „die Erzählung ist gut, zum Teil vorzüglich“, findet in solchen Szenen ihren Niederschlag.

Im *Armen Spielmann* erzählt Grillparzer von persönlichen Erlebnissen, er äußert innerhalb der Erzählung wiederholt seine Anteilnahme am Schicksal des alten Geigers und schreibt dem Verleger Gustav Heckenast ausdrücklich, daß „der alte Spielmann wirklich nur durch ein eigenes Erlebnis veranlaßt worden ist“ (19.12.1847?). Im *Kloster bei Sendomir* dagegen stellt Grillparzer die Geschehnisse mit einer Objektivität dar, die jede Anteilnahme, jede Stellungnahme vermeidet. Auf alles Persönliche verzichtet er wohl schon deshalb, weil die geschilderten Vorgänge seinem Erlebnis mit Charlotte so genau entsprechen (W. Paulsen). Die Handlung spielt nicht zu Lebzeiten des Dichters, sondern Jahrhunderte früher. Grillparzer nützt die Tatsache, daß der Mönch seine Identität mit Starschensky verbergen will, und erzählt in der sachlichen dritten Person, die kein Ausbreiten eigener Gefühle erlaubt. Er geht so weit, daß er den Bericht von dem Fund des Porträts und der Entdeckung der Ähnlichkeit mit Starschenskys Tochter, dem innerhalb der Erzählung so zentrale Bedeutung zukommt, zunächst neutral durch den Mönch wiedergeben und dann – in intensivierender Wiederholung, welche die Bedeutung dieser Szene unterstreicht – den gleichen Vorgang durch die Augen des alten Hausverwalters sehen läßt.

Die beiden Fremden, die durch ihr Fragen den Mönch zum Erzählen veranlassen, bleiben blaß und unbestimmt.

Sie stehen stellvertretend für den Leser, der durch die Rahmenhandlung als unmittelbarer Zuhörer mit dem Geschehen nach und nach vertraut gemacht wird. Erst mit dem Fortschreiten der Handlung zeigt sich allmählich die Identität zwischen dem berichtenden Mönch und dem büßenden Starschensky. Grillparzer unterstützt dies durch gelegentliche Sprachversehen des Mönches, die ihn als Starschensky verraten.

Von Anfang an steht der rätselhafte Mönch im Mittelpunkt. Schon bei seinem ersten Erscheinen zeigt er sich als halb Wahnsinniger, der in „schmetterndes Hohngelächter" ausbricht, als die Rede auf den Stifter des Klosters kommt. „Die Stuhllehne, auf die er sich gestützt hatte, brach krachend unter seinem Druck zusammen; eine Hölle schien in dem Blicke zu flammen, den er auf die Fremden richtete." In der folgenden Erzählung versucht der Mönch, zunächst den Charakter Starschenskys zu beschreiben. Dies geschieht sehr unbestimmt: „Der Graf war nicht schlimm, wenn auch gerade nicht gut." Doch dann findet sich als Keim für das folgende Geschehen die Feststellung, daß der Graf aus seiner egoistisch ausgerichteten Selbstzufriedenheit, aus dem „über alles gehenden Behagen am Besitz seiner selbst" durch ein Liebeserlebnis herausgerissen wird. Bezeichnend ist dabei, daß ihn weniger das Wesen, sondern die Sinnlichkeit des Mädchens beeindruckt. Von ihrer „üppigen Schönheit" ist er gebannt, er erinnert sich nicht an ihr Aussehen, sondern an ihren Hals, an ihre Arme, die „weiß durch die Nacht" schimmern, und deutlich haftet in ihm das elektrisierende Gefühl bei der Berührung ihrer „warmen, weichen Hand", die in ihm ein „bis dahin unbekanntes Gefühl" erregte. Genau diesen Vorgang hatte sich Grillparzer bereits einige Jahre vor der endgültigen Niederschrift der Erzählung skizziert, als er im Jahre 1824 im Tagebuch über Alonso den Guten von Kastilien vermerkt, daß dieser gelebt habe und vermählt wurde, „ohne die Liebe eigentlich je zu kennen", bis Rahel erscheint, die „ein Etwas" in ihm aufrührt, „von dessen Dasein er bis jetzt noch keine Ahnung gehabt: die Wollust", die in seinem Innern eine ungeheure Gärung hervorruft.

Auf das Wesen von Elga und Oginsky geht der Mönch (Starschensky) in seiner Erzählung nicht näher ein. Sachlich berichtet er von ihrem Tun, ohne je ihr Handeln zu motivieren oder den Versuch zu unternehmen, sie zu verstehen. Oginsky bleibt ihm unbekannt und Elga im Innersten fremd. So ist zu verstehen, daß die Entdeckung ihrer Untreue einen Abgrund aufreißt, den der Graf nicht mehr zu überbrücken, zu verzeihen vermag. Elga reagiert auf seine Vorwürfe „kalt, teilnahmslos, verdrossen", ja schmollend und leicht beleidigt. Ihre körperlichen Vorzüge verwendet sie, um den Grafen wieder zu beruhigen, zu gewinnen, doch diesem schaudert. Starschenskys Befehl, Elga müsse das Kind töten oder selbst sterben, treibt sie in ihrer Angst um das eigene Leben zur Verzweiflung, zum Wahnsinn, und dieser Wahnsinn läßt den betrogenen Ehemann Starschensky zum Mörder werden, der zwar im späteren Leben Buße tun und Verzeihung suchen wird, trotz allem aber keinen Frieden finden kann. Die Zeit heilt nicht, sondern sie stellt ihm die Tat nur noch gräßlicher vor Augen.

Die Grundhaltung dieser Erzählung ist dramatisch, und dies drückt sich auch im Stil aus. Der Dialog bestimmt die Art der Darstellung. Häufig läßt der Mönch seine Personen in wörtlicher Rede sprechen oder seine Erzählung geht unvermittelt in Rede und Gegenrede über: „Wer sagt das? – Ich, der ich ihn selbst gesehen habe. – Heimlich aufs Schloß kommend? – Heimlich aufs Schloß! – Wann? – Oft! – Ein Vertrauter meiner Schwäger? – In Warschau sah ich ihn an ihrer Seite." – An

Grillparzers Dramenstil erinnern die zahlreichen Jamben: „Drei Jahre steht dies Kloster. Dreißig Jahre! – Ihr habt ja auch gefragt? Was war es nur? – Und stille Ruhe, hold vermischend ihren Schleier ..." – Gelegentlich schließen sich die Jamben sogar zu Verspaaren zusammen, trotz allem aber handelt es sich nicht um ein Drama in Prosaform, sondern um eine von dramatischem Leben erfüllte Erzählung.

Grillparzer gliedert die gesamte Erzählung durch das Auftreten Oginskys (Hellmuth Himmel). Erstmals wird er während Starschenskys Werben um Elga flüchtig erwähnt, doch „verschwand er ganz, und niemand wußte, wo er hingekommen war". Nach der genauen Darstellung von dem seltsamen Aussehen des Kindes folgt der Bericht des Verwalters über den Besuch des „Vertrauten", der „heimlich aufs Schloß" kommt. Oginskys drittes Auftreten bleibt ebenso geheimnisvoll und unerklärt; in einer hellen Mondnacht, die das Schloß in einen „schimmernden Feenpalast" verzaubert und in ihm eine Sehnsucht nach Elga erweckt, „wie er sie seit den Tagen des ersten Begegnens, der bräutlichen Bewerbung kaum je empfunden hatte", sieht ihn der Graf dem Schloß zuschleichen. Das erste und dritte Auftreten Oginskys fällt jeweils in eine Zeit, in der Starschensky von besonderer Liebe zu Elga erfüllt ist. Hatte Grillparzer zwischen den ersten und zweiten Hinweis auf Oginsky die Beschreibung des Kindes eingeschoben, so stellt er zwischen den vierten und letzten die Entdeckung des Grafen, daß Oginsky der Vater des Kindes sein müsse. Am Ende der Erzählung tritt Oginsky zum viertenmal auf, diesmal jedoch nicht mehr geheimnisvoll und ungreifbar, sondern von Starschensky selbst im verschlossenen Wagen gebracht. Jetzt aber wird seine Anwesenheit vor Elga verborgen, die erst in der höchst dramatischen Schlußszene, nach erzählerisch wirksamen Verzögerungen, davon erfährt. Für den Leser bleibt die Gestalt Oginskys, der zu Beginn der Erzählung lediglich als „gut gebaut und wohl aussehend“ beschrieben worden war, auch jetzt im dunkeln. – Die Spannung, in welche Grillparzer den Leser von Anfang an versetzt und hält, läßt den überlegten Aufbau ebenso leicht übersehen wie die dramatisch gedrängte Sprache.

Grillparzer wollte weder eine Ehebruchsgeschichte erzählen noch eigenes Erleben darstellen. Er zeigt die rätselhafte, nicht zu durchschauende Frau, die ihrem ersten und einzigen Geliebten treu ist, und den Mann, der in unbeherrschter Leidenschaft und aus verletztem Stolz mit menschlichen Mitteln Unrecht sühnen will, ja sich sogar dazu verpflichtet glaubt und daran scheitert. Jeder Wertung des Geschehnisses enthält sich Grillparzer ebenso wie einer geistigen Selbstenthüllung. Allein der Gedanke daran wäre ihm schon widerwärtig. Mit Willen bedient er sich einer Objektivität, die ihm ermöglicht, seelische Abgründe aufzudecken, so daß sie zu ahnen sind und doch jeder indiskreten Enthüllung entzogen bleiben.

Karl Pörnbacher

Johann Nestroy

IN RECLAMS UNIVERSAL-BIBLIOTHEK

Der böse Geist Lumpazivagabundus oder Das liederliche Kleeblatt. Zauberposse. (W. Zentner) 78 S. UB 3025

Freiheit in Krähwinkel. Posse. (J. Hein) 88 S. UB 8330

Höllenangst. Posse. (J. Hein) 144 S. UB 8382

Judith und Holofernes. Häuptling Abendwind. Einakter. (J. Hein) 85 S. UB 3347

Einen Jux will er sich machen. Posse. (W. Zentner) 103 S. UB 3041

Das Mädl aus der Vorstadt oder Ehrlich währt am längsten. Posse. (F. H. Mautner) 93 S. UB 8553

Die schlimmen Buben in der Schule. Frühere Verhältnisse. Einakter. (J. Hein) 96 S. UB 4718

Der Talisman. Posse. (O. Rommel) 108 S. UB 3374 – dazu *Erläuterungen und Dokumente.* (J. Hein) 96 S. UB 8128

Der Zerrissene. Posse. (O. Rommel) 86 S. UB 3626

Zu ebener Erde und erster Stock oder Die Launen des Glückes. Lokalposse. (J. Hein) 151 S. UB 3109

»Die Welt steht auf kein'Fall mehr lang«. Nestroy zum Vergnügen. (J. Hein) 172 S. UB 9409

Philipp Reclam jun. Stuttgart

Franz Grillparzer

IN RECLAMS UNIVERSAL-BIBLIOTHEK

Die Ahnfrau. Trauerspiel. 96 S. UB 4377

Der arme Spielmann. Erzählung. 75 S. UB 4430 – dazu *Erläuterungen und Dokumente.* 186 S. UB 8174

Ein Bruderzwist in Habsburg. Trauerspiel. 104 S. UB 4393

Das goldene Vließ (Der Gastfreund. Die Argonauten. Medea). Dramatisches Gedicht in drei Abteilungen. 211 S. UB 4392

Die Jüdin von Toledo. Trauerspiel. 80 S. UB 4394

Das Kloster bei Sendomir. Erzählung. 62 S. UB 8761

König Ottokars Glück und Ende. Trauerspiel. 112 S. UB 4382

Libussa. Trauerspiel. 96 S. UB 4391

Medea. 3. Abteilung des dramatischen Gedichts »Das goldene Vlies«. 86 S. UB 4380

Des Meeres und der Liebe Wellen. Trauerspiel. 87 S. UB 4384

Sappho. Trauerspiel. 80 S. UB 4378

Der Traum ein Leben. Dramatisches Märchen. 96 S. UB 4385

Weh dem, der lügt! Lustspiel. 101 S. UB 4381 – dazu *Erläuterungen und Dokumente.* 103 S. UB 8110

Philipp Reclam jun. Stuttgart